式子内親王

Shokushi Naishinnou

平井啓子

コレクション日本歌人選010
Collected Works of Japanese Poets

笠間書院

『式子内親王』――目次

凡例

一、本書には、鎌倉時代の『式子内親王集』から四十五首載せた。

一、本書は式子内親王の歌の心を歌人の眼で探ろうとする立場に特色があり、和歌史の流れを加味しながら丁寧な鑑賞をすることに重点をおいた。

一、本書は、次の項目からなる。「作品本文」「出典」「口語訳」「鑑賞」「脚注」「略歴」「略年譜」「筆者解説」「読書案内」「付録エッセイ」。

一、テキスト本文と歌番号は、主として『新編国歌大観』に拠り、適宜漢字をあてて読みやすくした。

一、鑑賞は、基本的には一首につき見開き二ページを当てたが、重要な作には特に四ページを当てたものがある。

式子内親王

01

色つぼむ梅の木《こ》の間の夕月夜《ゆふづくよ》はるのひかりを見せそむるかな

【出典】式子内親王集・第一の百首・三

蕾《つぼみ》がかたく、まだ色のきざしもわかりにくい梅の木の間から、ほのかに夕月がさしている。その光はもうぼんやりとした春の明るさをみせていることだ。

【語釈】○色つぼむ—つぼみはじめのまだ何色とも判明しないような固い蕾。

『式子内親王集』の巻頭部分にあるイメージの美しい歌である。まだひらく気配のない蕾をたくさんつけた梅の木はおそらく大木で、その差し交わす枝のあいだから月の光が洩れているのだろう。作者は低い位置にいて、枝に射す光をみながら、冬の冴《さ》えざえとした光線がやわらかみを帯びてきたことを感じ取っているのである。初句の「色つぼむ」は解釈の分かれることばで、【語釈】の意のほか、紅の色彩がそのまま蕾の形となるとする考えもある。紅梅・白梅の種類も問題となってこようが、ここでは苞《ほう》をかぶり色がまだでていないごく初期の蕾と解しておく。

梅は早春を代表する花として、古来より日本人に愛され、馥郁《ふくいく》とした香りに情感を託《たく》してうたわれてきた。たとえば、『古今集』では、夜の梅は、

春の夜の闇はあやなし梅の花色こそ見えね香《か》やはかくるる

（古今集・春・躬恒《みつね》）

とよまれる。梅の花は目にこそ見えないが、隠れようもない香がたっているから、闇夜でもそこにあることがわかる、との意である。

*大空は梅のにほひにかすみつつ曇りもはてぬ春の夜の月

（新古今集・春上・定家《ていか》）

定家の歌は梅とおぼろ月の濃厚かつ幻想的な歌で、内親王の清澄《せいちょう》な歌風に対置している。

内親王の歌は、まだ香りを発しない梅の蕾と月の光が交錯《こうさく》した情景を描いたもので、梅の歌の中では、蕾と月光のとりあわせはめずらしく例がない。淡い月の光が梅に射し、大地にうっすらと影を落とす物音のしない早春の宵の気配をいまに伝えている。

*大空は…——大空は梅のにおいのためにかすんでいて、だからといって曇りきってもいない春の夜の月がでている。

02

山深み春とも知らぬ松の戸にたえだえかかる雪の玉水

【出典】新古今和歌集・春・三

山が深いので春が来たこともわからないような庵《いおり》の松の戸に、とだえとだえに落ちかかる雪解けの水の雫《しずく》よ。

『新古今集』春部の巻頭から三首目の歌。松の戸のある山居の周辺は、しんとして、早春とはいえないような空気が張りつめている。戸にはぽつりぽつりと冷たく清らかな雪解けの雫が落ちかかっている。身にしみる寒さではあるが、光は雪を解かし、深い山にも待っていた春が訪れることを告げているのである。「雪の玉水」ということばは凝縮した表現であるが、透明感があり美しく、繊細な感性を感じさせる。くり返し読んでいると、上から下に落ちてくる雫の速度までもが目に見えてくるようだ。

「松の戸」は〈松で作った粗末な戸〉、または〈門のあたりに生えている松〉の意味で、この語は漢詩「陵園妾《りょうえんのしょう》」の詩句「*松門《しょうもん》」にもとづくといわれている。陵園妾は御陵を守る宮女のことである。次にこの漢詩の一部分を意訳しておこう。陵園に暮らす宮女の憂愁の日々を想像していただきたい。

一たび閉ざされた宮は開く日なく、この身が死を迎えねばここを出ることは叶わない。松の門には暁になるまで月が徘徊《はいかい》し、柏の住居は終日ものさびしく風が吹きわたっている。幽閉は深く、蝉や燕《つばめ》の鳴き声に日月が移り過ぎるのを感じるのみである。

式子内親王の孤独な生涯と陵園を守る宮女の境遇を重ね合わせる解釈も可能だが、たとえ漢詩を知らなくても、この歌には深い観察があり、磨きあげられたことばに格調の漂う一首だと思えないだろうか。

内親王は、人の行き来が絶えた自然に身を置く歌をくり返しよみ、閉じこめられた空間から歌をつむぎだす歌人といわれる。この歌は早春の山居をうたって出色《しゅっしょく》の詠である。にもかかわらず、『新古今集』*撰者名注記は、藤原雅経《まさつね》ひとりの撰としている。

＊松門―『新古今和歌集全評釈』は、『白氏文集』所収の白居易の詩句「松門暁ニ到リテ月徘徊ス」との影響関係を指摘している。

＊撰者名注記―新古今集の一部の伝本にみえる、撰者のうちの誰がこの歌を推撰したかをメモした注。

03

ながめつる今日はむかしになりぬとも軒端《のきば》の梅はわれを忘るな

【出典】新古今和歌集・春上・五二

物思いをしながらじっと眺めている今日の日が、昔のことになってしまっても、軒端の梅よ、わたしのことを忘れないでおくれ。

【詞書】百首歌たてまつりしに、春歌

【語釈】○ながめつる―つくづくとみて物思いにふけること。

「正治《しようじ》二年後鳥羽院初度百首《ごとばいんしよど》」（以後「正治百首」と称す）に詠進《えいしん》の一首。作者は家の内より、軒近くに植えてある梅にじっと向き合い、長い間眺めていた。物思いにふけるなかで、生のはかなさ、かなしみを感じ、梅の時間にそっと自分の存在を置いた。そのとき、梅と自分がひとつになって、歌が生まれたのであろう。

この歌が読む者の胸を打つのは、「ながめつる」と「忘るな」に作者の思いをみるからではなかろうか。「ながめつる」は、枝が葉を繁らせ木陰《こかげ》を作っていた時も、新芽が伸び小さなつぼみをつける冬も、何かにつけて見上げていた眺めであり、その思いを重ねての「今日」である。小さな喜びも心ふるわす悲しみも、周辺にいる人よりも梅の木の方がよく知っている。だからこそ、もう自分が見ることができなくなっても花を咲かせてほしいと願う。「われを忘るな」の強い命令形は、忘れることを前提に、忘れてほしくないといっているので、そこには、いいようもないさびしさが潜《ひそ》んでいる。

「*定家十体《じってい》」では濃様《こきよう》の例歌としてあげられる。

「今日はむかしになりぬとも」については、「*自讃歌註」、「*八代集抄」などの古注《こちゅう》では、死後のことを思いやっている、という解釈を示している。実際、作者はこの百首歌詠進からほどなくして亡くなっているので、その思いがなかったとはいえないであろう。結句《けっく》の「忘るな」は、*道真《みちざね》歌に先例がある。大宰府《だざいふ》に左遷され家を離れる折、「あるじがいなくなっても春を忘れないで咲き、風に乗ってにおいを筑紫までとどけてくれ」と、梅との別れがたい思いをよんだ歌である。また*『源氏物語』の例は、鬚黒《ひげくろ》との夫婦仲がすっかり冷え切って、北の方が子供たちを連れて里邸に帰るくだりで、娘の真木《まき》

*定家十体―藤原定家の著とされるが、問題がある書。和歌の風体を幽玄様・麗様・有心様・濃様など十種に分類している。

*自讃歌註―新古今集の主要歌人が自分の自讃歌を集めたとされるものに注をほどこしたもの。中世の中頃にできたとされる。

*八代集抄―北村季吟の八代集の注釈。

*道真歌―東風《こち》吹かばにほひおこせよ梅の花あるじなしとて春をわするな（拾遺集・雑春・道真）

*源氏物語の例―今はとて宿離《か》れぬともなれきつる真木の柱はわれを忘るな（源氏物語・真木柱）

柱《ばしら》が書き残した一首である。

式子内親王晩年の住まいである大炊殿《おおいどの》には、梅の木が植えてあったらしく、内親王逝去後に邸宅を訪れた源《みなもとの》家長《いえなが》は、花咲く梅を見て、この歌を思い出し、『源家長日記』*に感慨深く書きとどめている。

斎院うせさせ給にし前の年、百首の歌たてまつらせ給へりしに、「軒端の梅もわれを忘るな」と侍りしが、大炊殿の梅の、次の年の春ここちよげに咲きたりしに、今年ばかりはとひとりごたれ侍りし。

〈斎院がお亡くなりになった前の年、百首歌を献上なさいましたなかに、「軒端の梅もわれを忘るな」とございました、その大炊殿の梅が次の年の春、気持ちよさそうに咲いているのを、今年ばかりはと一人つぶやいたことでした。〉

また、俊成《しゅんぜい》が内親王に贈った『古来風体抄《こらいふうていしょう》』*の序には、季節の景物と和歌の関わりが説かれている。その一節に梅について論じられている文がある。

春のはじめ、雪のうちより咲き出でたる軒近き紅梅、賤《しづ》の垣根の梅も、色はことごとながら、匂ひは同じく手折る袖にも移り、薫り身にしむ心地するを（略）

＊源家長日記―『新古今集』の編纂のために置かれた和歌所の長官源家長の仮名文の日記。

＊古来風体抄―藤原俊成が式子内親王に奉った歌論書。万葉集以来の歌の変遷について説いている。

〈春の初め、残っている雪のなかから咲き出した軒先の紅梅も、身分の賤《いや》しいものの住む家の垣根の白梅も、その色はまちまちであるが、においは同じで梅を手折る袖にも移り、薫りが身にしむ気持ちがする。〉

内親王の歌は、そうした心を汲み取ってよんだものであろう。

初期作品、

たが里の梅のあたりにふれつらん移り香しるき人の袖かな

（式子内親王集・第一の百首）

の歌には、だれが住んでいる里の花に触れたのか、梅の香がする袖であることよ、と人の面影を宿し、恋の場面を思わせる艶《えん》なにおいやかさがよまれる。

また、

匂ひをば衣にとめつ梅の花ゆくへも知らぬ春風の色（同・第二の百首）

は、衣にとどまった梅の香をよんで、「春風の色」の歌語が新鮮である。内親王は、『古今集』を尊重する伝統和歌への自覚を説いた歌の師、俊成の基本姿勢と呼応するように、この二首の歌にそれぞれ古今歌*を摂取しながら、「軒端の梅はわれを忘るな」へ続く階梯《かいてい》を上っていくのである。

＊古今歌―色よりも香こそあはれとおもほゆれ誰が袖ふれし宿の梅ぞも（古今集・春・読人しらず）。梅が香を袖にうつしてとどめてば春はすぐともかたみならまし（古今集・春・読人しらず）。

04

いま桜咲きぬとみえて薄ぐもり春にかすめる世のけしきかな

【出典】新古今和歌集・春上・八三

いままさに桜の花が咲いたとみえて、花曇りした空に、花の色をした霞があたり一面にひろがって、春の色にかすんでいる世のありさまであることよ。

【詞書】百首歌奉りしに

【語釈】○春にかすめる―「に」をめぐって、春の景色にとする解釈もあるが、春の色に、の意か。

現代語訳をすればほんの二、三行で終わってしまうが、この歌の包括《ほうかつ》する世界は茫漠《ぼうばく》として広い。さくらが咲ききった瞬間を目がとらえ、世の中がそれまでとは違う春一色になったことを詠じている。花がひらき切り、花の色があたりに広がると、春霞と渾然《こんぜん》一体となって「世のけしき」がうすぐもる。ぼおっとかすむ春にあたりが推移したことを、身体が感じ取っているといったらいいのであろうか。まさに春そのもの、春の実体をことばにしたような歌である。花の香の空気、花の色の霞を宿す一帯の雰囲気を巧みにとらえ、類例のない歌となっている。上句の歯切れのよいリズムを、下句でゆったりとした調べにもどすあたりにも、作者の技量がうかがわれる。

素性法師《*そせい》はゆるぎない王朝の春を、

見わたせば柳桜をこきまぜて都ぞ春の錦《にしき》なりける

（古今集・春上・素性法師）

とよんだが、内親王の歌には、柳のみどりと桜の薄くれないが織り成す錦ととらえた色彩豊かで明るい都の春はもうない。花の色一色にかすむおだやかな景色ではあるが、行き場のない息苦しささえ感じさせる気分が一首全体にただよっている。後世、京極派の代表歌人、永福門院《*えいふくもんいん》の歌、

木々の心花近からし昨日今日世は薄曇り春雨の降る

（玉葉集《ぎょくよう》・春上・永福門院）

に影響を及ぼしているか、との指摘がある。そうだとすれば、永福門院は、木々の心が花咲く時を予感しているらしいことを思い、春雨《はるさめ》にかすんだ世に内親王の心を追体験していたのであろう。『新古今集』の撰者四人が共撰し、高い評価が与えられている一首である。

*素性法師―貞観・延暦のころの人。遍昭の子。三十六歌仙の一人。

*永福門院―伏見天皇の中宮。為兼を師とし、伏見天皇とともに京極派の代表歌人。

05

八重にほふ軒端《のきば》の桜うつろひぬ風よりさきに訪《と》ふ人もがな

【出典】新古今和歌集・春下・一三七

いまが盛りと咲いていた軒端の八重桜の色も移ろってしまいました。風が花びらを散らす前にどなたか訪ねてくださる人があればいいのですが。

式子内親王が〈桜の花が散らないうちに訪ねてくださるひとがあれば……〉と婉曲《えんきょく》に誘いかけると、贈った相手である惟明《これあきら》親王から次のような返歌がきた。

＊つらきかなうつろふまでに八重桜訪《と》へともいはで過ぐるこころは

（新古今集・春下・惟明親王）

惟明親王は高倉《たかくら》天皇の皇子で、内親王の甥にあたる。相手の心理を読むよ

【詞書】家の八重桜を折らせて、惟明親王のもとに遣はしける

〈自邸の八重桜を折らせになって、惟明親王のところにお遣わせになった。〉

【本歌】宮人にゆきて語らむ山桜風より先に来ても見る

うに、お互いの微妙な感情を伝えあう様子は、いかにも親密そうで、こちらまで心がなごむ。皮肉をいっても許しあえる間柄なのである。

本歌に指摘する『源氏物語』「若紫」巻の歌は、加持《かじ》を受けに北山の聖《ひじり》のもとを訪れていた源氏が、病気の快方を祝い、僧都《そうず》や聖《ひじり》たちと和歌を唱和した時の歌である。源氏が京に帰って、山桜を風が散らさないうちに見にくるよう宮人に語る歌の下句を、さらりと取り込み、自分のものとしている。日常の贈答歌にさえ古典の素養が生かされている。

二人は『新古今集』雑上において、もう一度、贈答を交《か》わしている。

長月の有明のころ、山ざとより式子内親王におくれりける　惟明親王

*おもひやれなにを忍ぶとなけれども都おぼゆる有明の月

返し　式子内親王

*有明のおなじながめは君もとへ都のほかも秋の山ざと

秋の贈答歌で、有明の月が人恋しくなる思いを誘ったとみえ、お互いに心の交流を望んでいることが知られる。贈答歌ということもあろうが、素直な感情の流露がさわやかである。

べく（源氏物語・若紫）

＊つらきかな……思いやりのないことですね。花の盛りを過ぎるまで八重桜を見に訪えともおっしゃらずに過ごされたお心は。

＊おもひやれ……お察しください。とくになにをなつかしむというのではありませんが、有明の月をみていると、都のことが思いだされます。

＊有明の……有明の月をおなじようにみている私を、あなたも見舞ってください。私の住まいもあなたとおなじ秋の山里のようなものです。

06

花はちりてその色となくながむればむなしき空に春雨ぞふる

【出典】新古今和歌集・春下・一四九

さくらの花は散ってしまい、桜色があるというわけでもない空を、なにを眺めるというのでもなくじっと眺めていると、そのなにもない空に春雨が降っている。

【詞書】百首歌のなかに

【語釈】○その色となく―美しい色のない状態。○むなしき空―仏教語の「虚空」に由来するとされる。

新古今時代になると、従来の美意識に加え、何もないものに関心があつまり、否定的な美を好むようになっていく。この歌にはその傾向がつよくあらわれている。散っている花をよむのでもなく、散り敷いた花をよむのでもない。散って跡形もなくなった状態を見つめてうたうのである。花をうたって花はなく、花の残像が残る空に美を見出す。あくまでも花の歌でありながら、花はないのである。

何もない空の形容である「むなしき空」は、漢語「虚空《こくう》」を和語《わご》化したことばといわれる。類似表現に「むなしき枝」「むなしき床」があるが、「むなしき空」同様、新古今を特徴づける歌語である。「その色となく」も、同様の美意識からくる言い方で、美しい色あるものを受けての否定表現となっている。

新古今時代の新しい表現が「むなしき」だとすれば、「ながむ」は古今以来の伝統的な表現を継承していることばであろう。元来「ながむ」は、充足されない愛に漠然とした対象を見やりながら、物思いにふける行為をさし、おおく「長雨《ながめ》」と掛けて用いられた。

花の色はうつりにけりないたづらにわが身世にふるながめせしまに*

（古今集・春下・小野小町《おののこまち》）

引用した小町の歌はその例で、花の色の褪《あ》せた様子と自身の身の盛りが衰えていく様《さま》をよんでいる。花の移ろった風景をながめているところが、内親王歌に共通の姿勢である。

一方、『伊勢物語』の「ながむ」は、男性の目で、長い夏の日をずっとながめて暮らす姿勢がよまれる。

*花の色は……―花の色はいつのまにか色あせてしまった。むなしくこの世に生きながらえ、ぼんやりと物思いにふけっている間に。

暮れがたき夏の日ぐらしながむればそのこととなくものぞかなしき

（伊勢物語・四五段）

ながめの理由を、四五段は次のように記している。むかし、男を慕《した》っていた娘がいた。その娘が病に倒れ死にそうになったとき、娘の思いを知った親が、男にそのことを告げたので、男は出かけていったが間にあわなかった。そこで喪《も》にこもり、夜が更けて涼風がふくころ、蛍を見、伏せりながらよんだというのである。したがって、この「ながめ」は、亡き人を偲《しの》ぶ物思いであり、悲哀感が濃厚である。

結句に据《す》えられた「春雨ぞふる」は、『式子内親王集』に「春風ぞふく」とあるが、従来の「ながめ」の系譜からすれば、『新古今集』の「春雨ぞふる」に従いたい。

ところで、掲出歌は、花が散ってしまったのちの空に春の雨が降っていることをよんでいるわけだから、心としては惜春《せきしゆん》の情をうたっているものと考えられる。だが、読後にひろがる感情は、惜春の情だけではおさまりきらない。小町の恋の情緒にみられる重たい情感でもないし、もちろん、『伊勢物語』の人を亡くした喪失感《そうしつ》とも距離がある。心の裡《うち》にひろがる茫漠とした感情とでも言ったらいいのであろうか。あるいは、先の見えない捉えどころのない感覚とでも言い得るであろうか。そうした心に、花を終えた空に降る春雨を見ている。無常な世といってしまえば簡単であるが、そこまではっきり整理できていない感情が、作者の心に湿潤《しつじゆん》している。見る対象を定めないで、雨の落ちくる空を眺めている様子を描き出し、奥行きの深い無限の広がりが感じられる一首である。人生の深みを知る女性の発したことばで、若い作者からこのような作品は生まれないであろう。

内親王の歌に「ながめ」の様相が濃いことは、これまでしばしば指摘されてきた。実際、家集『式子内親王集』には「ながめ」「ながむ」を用いた歌語が初期百首の頃から頻出《ひんしゆつ》*する。内親王にとって、いかにながめることが日常的であったかを示すものであろう。みずからの非力を知っている作者の眼は、移りゆく自然の情景にとどまらず、人の心や、みずからの運命とかかわりながら衰微《すいび》していく王朝の様を、はげしく深い思いを内攻させて見つめつづけるのである。春を華麗にいろどった花の終焉《しゆうえん》は、内親王自身の生とも重なっている。憂愁をたたえたやるせない思いがどこまでも広がる。

詞書にいう百首歌とは「正治百首」のことである。

＊頻出する―たとえば「第一の百首」では、「ながむれば衣手すずしひさかたの天の川原の秋の夕暮」「さびしさは宿のならひを木のはしく霜の上にもながめつるかな」など。

07

ふるさとの春を忘れぬ八重《やへ》桜これや見し世に変らざるらん

【出典】続後撰和歌集・春中・一一二

あなたがお住まいになっていたふるさとの春を忘れないで咲いた八重桜です。世の中は変わりましたが、これこそがご覧になっていたむかしと変わらないものなのでしようか。

【詞書】後京極摂政大炊殿にはやうすみ侍りけるを、かしこに移りゐてのちの春、やへざくらにつけて申しつかはしける
〈後京極摂政（良経）が大炊殿にかつて住んでいたのですが、内親王がそこに移り住んでのちの

花といえば桜を指した王朝時代、桜は宮殿や貴族の邸宅にも植えられ、春は各所で観桜《かんおう》の宴が催された。式子の住む大炊御門《おおいみかど》殿は八重桜が植えられていて、年ごとに人々の目を楽しませていたらしい。花の盛りのころ、内親王は、以前の御門の住人であった藤原良経《ふじわらのりようけい》に、八重桜のはなやかな一枝をそえて、歌とともに送った。

大炊殿は父後白河院《ごしらかわいん》から相続した邸宅だったので、本来なら内親王が住め

るはずであった。ところがこの邸は、良経の父藤原兼実《かねざね》が後白河院から貸与《たいよ》され、すでに住人となっていたため、すぐには移り住むことができなかった。明け渡しに応じてくれたのは、建久七年（一一九七）に政変*が起こり、兼実が失脚する事態が生じたのがきっかけになってのことであったという。それまでに、内親王はなんども転居をくりかえしていたが、ようやくここにきて、自分のものである大炊殿に住むことがかなったのである。

良経への歌には、春が来てみごとな花を咲かせる八重桜を、安堵《あんど》の面持ちで眺めている内親王がいる。と同時に、その陰に、ここに到るまで鬱屈した心情を裡に秘め、絶望を乗り越え矛盾に耐えぬいて生きてきた心が垣間《かいま》見えはしないであろうか。

身の上の変化にともなって邸宅を入れ替わるのは世の常であるが、弱い立場に立った良経に、やさしく呼びかけ、思いやりを示している点に、心惹かれるものがある。良経の返歌は、

やへざくら*をりしる人のなかりせば見しよの春にいかであはまし

（続後撰《しょくごせん》集・春中・良経）

の一首で、桜に再び逢うことができた感謝の心が素直にあらわされている。

春、八重桜に添えていい送りました。〉

*政変―親幕派の九条家一門が内大臣源通親によって政治世界からしめ出された事件。

*やへざくら……―八重桜の枝を折って贈ってくださる方がいらっしゃらなかったら、かつて見た春にどうして逢えたでしょうか。なつかしい昔の春に逢うことができました。

08

忘れめや葵《あふひ》を草にひきむすび仮寝《かりね》の野辺の露のあけぼの

【出典】新古今和歌集・夏・一八二

忘れられようか、とても忘れることはできないだろう。葵草を枕に引き結び仮寝をした野辺の、露の置いた曙を。

詞書《ことばがき》によると、斎院《*さいいん》として神事に望む早朝の作。葵《あおい》は心臓形の葉をつける〈ふたばあおい〉のことで、古来、祭といえば葵祭を意味する祭事の重要な飾りである。祭主をつとめる内親王は、祭の前日、潔斎《けっさい》のため、みあれ野に作られた仮屋（神館*）に泊まる。葵を枕に結んで眠った夜が明け、いよいよ神事に臨む朝の情景を、印象深いものとしてよんでいる。まだ明けきらない露の置いたすがすがしい野辺には、内親王のういういしく清らかな心が重

【詞書】斎院に侍りける時、神館《かんだち》にて

【語釈】○葵―陰暦四月の葵祭の祭礼に冠、牛車の簾などに飾りとして挿した。ここでは草枕の飾り。○仮寝―神館で寝ることを旅の仮寝と見立てた。

ねられ、初句切れの強い詠嘆《えいたん》と、「の」を重ねながら結句に導くゆたかな調べには、祭に向かう心の張りが表現されている。

この歌は、祭の主催者の側からうたわれたものであるが、『源氏物語』「葵」巻には、見物者の側から描かれた、「車争い」の一段がある。葵祭りに参列する源氏を見ようと出向いた六条御息所《みやすんどころ》と葵の上の従者たちが、一条大路のたいへんな雑踏に、見物の車を立てる場所をめぐって争う様子がいきいきと描かれた有名な場面である。

歌の制作年時は不詳だが、『式子内親王集』では「第一の百首」に収められている。斎院をしりぞき程なくしての作品と考えられるが、すでに新古今の特徴である初句切れ、倒置《とうち》法、体言止の手法がみられるところから、若くして新鮮かつ凝縮した表現法を手中にしていたことがうかがわれる。

内親王の日常は神に奉仕する日々で、一般社会から隔てられていたが、隔てられていたからこその平穏もあったであろう。病気により退下《たいげ》した後の内親王には、かずかずの悲しみと孤独な生涯が待っていた。それを考えると、ほのかなあかりのように、いつまでも心にともる青春の思い出が、ひとつでもあったことを、内親王のために喜びたいと思う。

＊斎院―賀茂神社に仕える未婚の内親王、女王。
＊神館―心身を清めるために籠る仮屋。

09

まどちかき竹の葉すさぶ風の音にいとど短かきうたたねの夢

【出典】新古今和歌集・夏・二五六

窓辺ちかい竹の葉を、時折吹きゆらす風の音に目を覚まされ、いよいよ短く感じられるうたたねの夢よ。

この歌には典拠《てんきょ》*があり、白楽天《はくらくてん》*の漢詩句を参考にしている。しかし、典拠である漢詩を横すべりに取りいれないところが、作者ならではの感性といえる。たとえば、漢詩句では「風が竹林にそよいでいる夜」とあるが、歌は「窓近くの竹の葉をゆらす風の音に」なっている。漢詩の事実描写を自身がとらえた感覚に変えるのである。

作者は屋内に横たわり、戸外の物音や気配を感じとり、うたたねに消えた

【詞書】百首歌たてまつりし時

【語釈】○すさぶ―時折吹く、葉を戯れにもてあそぶような風。

＊典拠―風ノ竹ニ生《な》ル夜窓ノ間ニ臥セリ　月ノ松ヲ照ラス時台《うてな》ノ上《ほとり》ニ行《あり》ク

はかない夢を思い返している。葉風《はかぜ》に目覚める感覚に体感があり、息づかいさえ伝わってくるようだ。古注は、竹の葉風を「そよぐ」ではなく「すさぶ」ととらえた詞《ことば》がおもしろく、夏の夜によくかない趣がある、と記している。

式子内親王の「うたたね」の歌をもう二首あげ、作者の鋭敏な感性がとらえた四季の移ろいをみておこう。

みじか夜*のまどのくれ竹うちなびきほのかに通ふうたたねのあき

(式子内親王集・第一の百首)

こちらは夏の盛りが過ぎ、竹の葉ずれに秋の気配を感じた歌。「夢」と「あき」の違いが歌の情趣《じょうしゅ》の違いになっている。「まどちかき」の歌と類似した素材であるが、制作年の前後関係は不明である。

さよふけて*いはもる水の音きけば涼しくなりぬうたたねの床

(玉葉集・夏・式子内親王)

水音の涼しさもさりながら、寝るともなく眠るうたた寝の床に、秋がしのび寄るひんやりした感覚をとらえたところが心憎い。水音に暑さを忘れたのではなく、水音も床も夏の盛りが過ぎ、気温が下がって涼しくなったということであろう。

(和漢朗詠集・夏夜、白氏文集・巻十九)〈竹林にさやさやと風がそよぐ夜、窓の間に臥せって涼む。夏の月が松をてらすとき、高殿に出てあたりを歩く。〉

*白楽天―唐代の詩人。白居易ともいう。『白氏文集』は平安朝文学に大きな影響を与えた。

*みじか夜の……―夏の明けやすい短い夜、窓辺の呉竹がうちなびき、その風がうたた寝をしている身に通ってくる。はやくも秋の気配がすることだ。

*さよふけて……―夜が更け岩間を洩れる水の音を聞くと、涼しくなったことが実感されるうたた寝の床であることよ。

10

夕立《ゆふだち》の雲もとまらぬ夏の日のかたぶく山にひぐらしの声

【出典】新古今和歌集・夏・二六八

夕立を降らせた雲がいつまでもとどまっていないこの夏の日、太陽が西に傾いている山に、早くもひぐらしの声がしているよ。

【詞書】百首歌の中に

【語釈】○ひぐらし―羽が薄く半透明な蟬。夏から秋にかけ夜明けや夕暮れに鳴く。かなかな。

空が急にかき曇り、はげしく大粒の雨をふらせる夕立。雨後にもどる青空と爽快な空気に、暑さが一瞬しりぞく。季節季節の暑さ寒さがそのまま生活や生命に影響をあたえていた時代、夏の歌はどう涼しさをよむかがポイントだった。『新古今集』夏部には夕立のほかにも、樗《おうち》（梅檀《せんだん》）の木陰に雨後の風がわたるすがすがしさがよまれ、道のほとりの水が流れる柳の下に時を過ごす清涼さがうたわれる。

この歌は、雷や虹をともなってくる夕立が、なかったかのように青空をとりもどす天象を、上句の十七文字で表現し、下句には、すこし夏の日が傾き、雨水に元気をとりもどした山の涼気に鳴く蝉を配している。わずかの時間に変化した事象を切りとった、あざやかなリアル感が印象深い。しずかに自然と向きあい、心を澄ましている人のとらえた、夏の午後の情景である。

夕立は新古今時代にさかんによまれるようになった素材である。俊頼《としより》の歌、

＊十市《とをち》には夕立すらしひさかたの天のかぐ山くもがくれ行く

（新古今集・夏・源俊頼）

は、比較的はやい例で、遠望した雲の生動が力強く表現されている。

冷暖房設備が家庭に普及するまで、寒暖を体感する自然界はごく身近にあり、内親王の歌の世界とそれほど遠いものではなかった。人々は、炎暑《えんしょ》の夏、時折くる夕立を待ちのぞみ、ひぐらしの声に夏が過ぎ去るさびしさを感じていたのである。ひぐらしは「日暮らし」に通い、『古今集』では、秋の部に入る。ニイニイ蝉、熊蝉、油蝉など種類あるなかからうたわれる和歌の蝉は、ひぐらしがもっぱらで、式子内親王が百首歌にくりかえしよむのもひぐらしである。

＊十市には……十市の里ではいま夕立がしているらしい。天の香具山が雲に隠れていく。

11

たそがれの軒端《のきば》の荻《をぎ》にともすればほにいでぬ秋ぞ下《した》にことゝふ

【出典】新古今和歌集・夏・二七七

たそがれ時の軒端の荻に、どうかすると、まだ目に見えない秋の風がひそかに通ってくることだ。

【詞書】百首歌よみ侍りける中に

【語釈】○たそがれ—物の見分けがつきにくい夕方。○軒端の荻—『源氏物語』に登場する女性。○ほにいでぬ—秀と穂を掛け、荻の縁語とした。○下にことゝふ—ひっそりと訪ねてくる。

春は霞とともにやってくるが、秋は風とともにやって来る。それが『古今集』以来の伝統である。

秋きぬと目にはさやかに見えねども風のおとにぞおどろかれぬる
(古今集・秋上・藤原敏行《としゆき》)

荻《おぎ》は秋風の訪れを知らせるものとしてよまれることが多い。「軒端の荻」は、軒端近くに植えられている荻の意であるが、『源氏物語』「空蝉《うつせみ》」巻の女性の名前でもある。彼女は空蟬の継娘《まま》にあたる女性で、源氏に忍び込まれた時、空蟬は身をかくし、かわりに源氏と結ばれる。こうした経緯から、荻は女性、風は男性に見立てるとする解釈が成立している（『新古今和歌集全評釈』）。しかしながら、この歌は、『新古今集』『式子内親王集』でも、恋部ではなく夏部に配列されている。編者の選択の意識を尊重し、まずは季節感を味わい、その後、物語と響きあっていることを余情として感じればいいのではなかろうか。

歌の季節は、まだ穂のでない荻に秋風ともいえないような夕風が吹く早秋。ゆきあいの季節といったところで、敏行の歌のパターンを引き継ぎながら、「ともすれば」のことばによって、軒端の荻とひそかに通う風をよどみない声調にまとめている。景の中に物語の深みをもたせ、それをことさら感じさせることなく一首に仕立て上げる手法が新鮮である。

なお、この歌と初句が同じ「たそがれの荻の葉かぜにこのごろのとはぬならひをうちわすれつつ」（後出）は、風を男性の来訪と錯覚している歌である。同じ素材を、同じ百首歌において、夏と恋の題によみ分けている。

*隠岐本はこの11歌を除棄歌とする。

*秋きぬと……—秋が来たと目にはっきり見えるわけではないけれど、風の音を聞くと秋が来たと気づかされることだ。

*隠岐本—後鳥羽院が配流先の隠岐において『新古今集』の中から三百余首を削除し成った『新古今集』のこと。

12

秋風を雁《かり》にやつぐる夕ぐれの雲ちかきまでゆく蛍《ほたる》かな

【出典】風雅和歌集・夏・四〇一

秋風が吹いていると雁に告げに行くのであろうか。夕ぐれの雲近くまで高くのぼっていく蛍であることだ。

【詞書】正治二年、後鳥羽院にたてまつりける百首歌の中に

簡潔な表現に情景を描いて、蛍のゆくえを目に追っている臨場感がある。

詠進《えいしん》した百首歌は、「正治百首」のこと。この百首歌から、二十五首が『新古今集』に入集《にっしゆう》しているが、ここにあげた一首はとりあげられず、南北朝時代、光厳院《こうごんいん》親撰の第十七番目の勅撰集『風雅《ふうが》集』に入っている。夕べを叙景したところが、閑寂《かんじやく》な描写を好んだ京極派《きようごくは》歌人の好みにあったのだろう。

本歌は『伊勢物語』にみえる一首である。

ゆく*蛍雲のうへまでいぬべくは秋風ふくと雁につげこせ
（『伊勢物語』四五段）

それにしても、本歌《ほんか》と並べてみると、発想力と描写力の確かさに感心する。『伊勢物語』の歌は、あくまでも仮定であるのに対し、内親王の歌は本歌を引き受け、目の前の景を叙するかたちになっている。出来上がった歌が平明なので、作歌も簡単そうにみえるが、自分の中で本《もと》になる歌を消化していなければ、ここまで平淡に単純化はできないだろう。空想も発想も、本歌からほどよい距離を保っているところが好ましい。はかなげで頼りない蛍の上昇する速度、「雲近きまで」と空間を限定した把握に、作者の視線の動きがうかがわれる。空間を移動する蛍の様が目に浮かんでくる歌である。

京極派の勅撰集『玉葉集』『風雅集』は式子内親王の入集歌数が多いことで知られるが、なかでも両歌集は共に夏歌を尊重し、高い評価を与えている。次にあげる一首も『風雅集』の内親王の詠である。

*すずしやと風のたよりを訪ぬればしげみになびく野べのさゆり葉
（風雅集・夏・式子内親王）

涼しい風が来る先にある夏野のさゆり葉をよんで、涼趣が感じられる。

＊ゆく蛍…―空を飛ぶ蛍よ、雲の上までいくことができるのなら、天上の雁に、地上には秋風が吹いていると告げておいで。

＊すずしやと…―すずしいなと思い風のきた道をたどると、夏の野のしげみにさゆり葉がゆれているよ。

13

うたたねの朝けの袖にかはるなりならす扇《あふぎ》の秋のはつ風

【出典】新古今和歌集・秋上・三〇八

うたたねから目覚めた早朝の袖に、吹く風が変わったようだ。使い鳴らして慣れ親しんだ扇であおぐ風が、秋の初風に。

【語釈】○朝け―朝明け方。

『古今集』以来の伝統的主題である秋の初風《はつかぜ》が多用な広がりをみせはじめると、歌人たちは、さらに新しい表現を求め、工夫をかさねる。場所や時刻に変化をもたせることはいうまでもなく、新古今時代には、身体や身にまとうもの、周辺の生活用具へと素材の場を広げている。この歌が収められた秋風を主題にした歌群をみると、当代歌人の歌に、それまで注目されなかった「袖」「枕」「扇」の語があらわれる。「うたたね」と結びつくと、ともすればくつろいだ印象を与えかねないが、この歌はそれを乱すことなく、自分自身が直接膚に感じた秋風を、熟女の感覚でさわやかにうたいあげている。

「ならす」は「馴れる」と「鳴る」の掛詞。扇は涼《りよう》をとるために使うほか、鳴らして人を呼ぶ合図にも、顔を隠すことにも使用した。ここでは使い馴れた夏扇を鳴らし、うたた寝をしていた袖に、秋風を感じたことを詠じている。朝の目覚めとともに袖に秋風を感じる感覚はいかにもありそうで、立《りつ》秋《しゆう》には秋風が吹き、涼しいものだという通念を、無理なく詠じている。一、二句には、

*この寝ぬる夜のまに秋は来にけらし朝けの風のきのふにも似ぬ
（新古今集・秋上・藤原季通《すえみち》）

の発想がみられ、下句《しものく》は、

*大方の秋来るからに身に近くならす扇の風ぞ涼しき
（後拾遺集《ごしゆうい》・秋上・藤原為頼《ためより》）

が取り入れられている。

もっとも風を感じやすい袖口から入ってくる扇の風は、現代の装いからは考えられない清涼《せいりよう》さだったのであろう。

*この寝ぬる……―ねている夜の間に秋が来て、朝の風は昨日に似ず冷やかだ。

*大方の……―どこにでもやってくる秋の季節が来るとともに、つかい慣らした扇の風がすずしく感じられる。

14

ながめわびぬ秋よりほかの宿もがな野にも山にも月やすむらん

【出典】新古今和歌集・秋上・三八〇

月を見て物思いをするのに耐えられなくなった。秋のない宿がないものかなあ。しかし、いくら逃れても、野にも山にも物思いをさせる月は澄んでいることであろう。

秋の月は美しい。澄《す》みわたった空にかがやく大きな丸い月は見事である。流れの速い雲間に、気まぐれのように顔をだす半月も風情《ふぜい》がある。だが、この歌は、その月を見るのが耐え難いという。眺めていると、月が物思いを誘い出し、湧《わ》きおこる悲しみに耐えられなくなるのだ。物思いをしないようにと思っても、月を見れば思いは深まるばかりである。ああ、心を悩ませながら月を眺めるところを離れ、秋の来ない宿に行きたいものだなあ。でも、ひるがえって考えてみれば、そんな場所はあるはずもない。逃《のが》れていったところにもきっと秋が遍満《へんまん》して、月は澄んでいるであろう。内親王がうたうのは、どこへ逃れても結局は変わらないという屈折した心理である。

それまでの自然は、人間の喜び悲しみとともにあった。例えば、『古今集』の月は、こううたわれる。

　　*月見ればちぢにものこそかなしけれわが身ひとつの秋にはあらねど

（古今集・秋上・大江千里《おおえのちさと》）

作者はすべての悲しみが自分ひとりにかかってくるように感じている。感じてはいるが、自分の思いを月に投射しているから悲しみを苦痛と思わない。だから、どんなにもの悲しい秋であっても、そこから抜け出すことは考えない。これに対し、「ながめわびぬ」の歌は、秋の来ない宿への逃避《とうひ》を考え、そののち思いなおしている。

どうして強い絆《きずな》で結ばれていた自然から心が離れてしまったか。それは厭《えん》世《せい》思想や無常感といった中世の思潮と大きく関わっている。当時の隠遁者《いんとんしゃ》や風流人たちは、世俗に汚れた世間を離れ、自然に身を投じて生きたいと切望した。実際に精神の自由を求めて閑寂《かんじゃく》の地に棲《す》む人もあらわれたし、貴族

＊月見れば……―月を見るとさまざまにもの悲しいことだ。私ひとりにやってくる秋ではないのだけれど。

たちは郊外に別荘を作った。では、自ら求めて入った野山はどんなところであったのであろう。彼らが求めた憧れの地は、静かであったが、孤独が魂を裂《さ》き、人恋しさに煩悶《はんもん》する地であった。それでも自然への執着は捨てがたい。自然が内包する矛盾を体験した末、彼らは、人間を慰撫《いぶ》してくれるはずの自然が人間を包んでくれず、人の心理や思いとは別に存在することに思い至る。「野にも山にも月はすむらん」の達観したような物言いは、このような自然と向き合った結果の態度なのである。

内親王はこの歌のほかにも、

更《ふ》くるまでながむればこそ悲しけれ思ひもいれじ秋の夜の月
(新古今集・秋上・式子内親王)

をよみ、感情移入をしないで月を眺めようとする思いを歌にしている。

秋のこない宿を訪ねる歌の例としては、相模《さがみ》の、

いかにしてもの思ふ人のすみかには秋よりほかの里をたづねむ
(新勅撰集・秋上・相模)

がある。内親王の歌ほどの複雑な心境はないにしても、従来みられた秋に対する情緒が少しずつ変化していく様《さま》はみてとれる。

次の歌はどうであろう。ことばの重なり、発想、情趣が似通いながら、第三者的視点が徹底してくる。

思ひいれぬ人の過ぎゆく野山にも秋は秋なる月やすむらん

（千五百番歌合・定家）

この定家の一首は人間の感情とは別に、自然は自然として存在していることをうたっている。自然は風流を解する人のためだけにあるのではない。風流に無関心な人（所用で通り過ぎる人・山賤《やまがつ》）がいる野山にも、同じように月は変わることなく澄んでいる。自然は人の思いによって変わるのではない。自然は自然でしかない、定家はそう考えた。先の千里の歌に比べれば、ずいぶん覚《さ》めた見方で、自然に気持ちを入れ込んでいない。自身の詠嘆をも消し去っている。だから、野山を通り過ぎる人物は点景《てんけい》にしかすぎない。定家はこの抒情をさらに進め、物語的世界に発展させる。内親王は、外から自分をみる視線を取り入れているが、定家ほど徹底せず、新古今歌風に届きながら千載歌風を残す作風にとどまった。

作者最晩年の正治百首の作。自讃歌、時代不同歌合、定家八代抄、定家十体などの秀歌撰に取りあげられ、内親王の代表歌の一首となっている。

＊思ひいれぬ……―風流心を持たない人の通り過ぎて行く野山にも、秋には秋の月が澄んでいることだろう。

15

あともなき庭の浅茅《あさぢ》にむすぼほれ露の底《そこ》なる松虫の声

【出典】新古今和歌集・秋下・四七四

――人が通った跡もない庭の浅茅いっぱいに置いた露の底で、悲しみに心をふさがれた松虫の声が聞こえてくる。――

「あともなき」は人の通った跡。「浅茅」は低く生えている茅《ちがや》。「むすぼほれ」は露が置いてかたまっていることをいう。また、気持ちの場合は、気がふさいで晴れ晴れしない状態を指す。したがって「むすぼほれ」は露のことであり、松虫の心でもある。浅茅においている露は凝固し、松虫は心をふさいで鳴いている。これが歌の情景である。一方、松虫を作者の姿とみることもできる。だとすると、人の訪れがなくなった（男性が来なくなった）庭に、鬱々《うつうつ》と露の涙をいっぱい溜め、人を待つように泣いている女性の面影が浮かんでこよう。緊密にことばを連鎖させることによって、情景と自己の感情を絡み合わせた巧緻《こうち》な一首である。

「露の底」は、漢語「露底」から来た表現で、和歌では一般的に使われていた。「露の底なる」は、安易に模倣・濫用《らんよう》を禁じた「制詞《せいのことば》」(『詠歌一体』*)とされる。

ところでみなさん、秋の草叢《くさむら》に声をふるわせ鳴いている虫の声をどれだけ聞き分けられますか。松虫はちんちろりん。鈴虫はりんりんりいん。こおろぎはりーりーりー。古典によまれる「松虫」は、いまの鈴虫といわれている。和歌において松虫が特に好まれるのは「まつ」の音に「待つ」の意が掛けて使われ、情景をうたって女性のイメージを喚起する力をもつ歌語だからである。

月のすむ草の庵を露もれば軒にあらそふ松虫の声
(式子内親王集・第一の百首)

同じく松虫を詠じた一首。月が射す露のおりた庵《いおり》の軒で鳴く松虫に、人を待つように泣く住人の心を重ねている。

*詠歌一体—歌論書。藤原為家著。

16

千《ち》たび打つ砧《きぬた》の音に夢さめてもの思ふ袖《そで》の露ぞくだくる

【出典】新古今和歌集・秋下・四八四

いくたびも打ち続ける砧の音にふと夢が覚めて、物思いをするわたしの袖に涙の露が砕けることだ。

【詞書】擣衣《きぬた》の心を
【語釈】○くだくる―「打つ」の縁語。

擣衣《とうい》とは布を打ちやわらげ、艶《つや》を出す作業である。『古今集』にはすでに砧の歌がよまれているが、「擣衣」題として積極的によまれだすのは、院政期の頃からで、『新古今集』は擣衣詠が飛躍的に発達した時期にあたる。掲出歌は『新古今集』に二首入集した擣衣詠のうちの一首。

擣衣詠は中国古典詩を起源とする。平安の勅撰漢詩集を経て和歌に移行するが、六朝《りくちょう》詩の艶《えん》な詩情は擣衣の心として和歌に引き継がれている。この歌の「千たび打つ」は『白氏文集』「聞三夜砧二」の詩句「八月九月正ニ長キ夜、千声万声了《や》ム時無シ」を典拠とする。槌《つち》の音を打つ動作に変えたところに表現の工夫がみられる。数をあらわす漢語を和語化する技法は、これまでにもなされていたが、*藤原基俊《ふじわらのもととし》の歌がもっとも近い例にあたる。

*たがためにいかに打てばか唐衣千《ち》たび八千《やち》たび声のうらむる
(千載集・秋下・藤原基俊)

ここでは、際限もなく衣を打つ比喩として「千たび八千たび」が使われている。槌の響きは打つ人の心でもある。思い激しく打てば、思いの激しさが、心優しく打てばその優しさが、聞く人の胸にしみる。目覚めの耳にとどいた砧の音は、思慕の情を刺激し、激しい物思いを誘ったのである。その経緯は、上句の小刻みなリズムが、下句に至って作者の内なる思いに展開するあたりに、あざやかに描きだされているであろう。さらにいえば、上句の漢詩の情趣が「物思ふ袖」になり、王朝和歌の艶な抒情に引き寄せられているともいえよう。露は涙の縁語であり、露のおりた夜寒の季節を匂わせている。「露ぞくだくる」という結句の表現が独特である。

*藤原基俊—院政期歌壇の指導者。

*たがために……—だれのためにどのように打つからであろうか。唐衣を打つ砧の千声万声の音が恨んでいるように聞こえることだ。

17

更《ふ》けにけり山の端《は》ちかく月さえて十市《とをち》の里に衣《ころも》うつこゑ

【出典】新古今和歌集・秋下・四八五

夜も更けたことだなあ。山の端近くに月の光が冴えわたり、十市の里に衣を打っている音が聞こえてくる。

【詞書】百首歌たてまつりし時

前の「千たびうつ」の歌とは対極の情趣の歌。漢詩の風韻《ふういん》濃いのが「千たびうつ」の歌とすれば、こちらは日本風の砧とでもいえようか。古くからの大和の地名である十市里《とおちのさと》を擣衣の地に据え、月下に砧を聞く設定になっている。情景を目にしているような立体感があり、視界の広い歌である。一読、すっと胸に入ってきて、景が絵のように立ち上がってくる。「定家十体」では見様《みるよう》の例歌とされる。

砧と月は切っても切れない関係にある。漢詩では、月下の庭に遠征中の夫を思いながら衣を打つのが擣衣とされ、「月前擣衣」「月下擣衣」はしばしば和歌の詠題となった。月の澄む夜は音がよく空に響き渡り、遠くまで届く。

中世の歌論書は、衣を打つ音を、「うぐいすの声、琴の音にもましてやさしく聞く」ものだと説いている（『*和歌庭訓《ていきん》』）。衣を打つことは、打っている人の気持ちがこもったものだから、鳥の声や管弦の音同様に、命の響きだということだろう。

夜が更けるまで眺めていた月は、すでに山の端近くに移り、ふと気がつけばかすかに衣を打つ音が聞こえてくる。遠い十市の里にはまだ眠らないで砧を打っている人がいるのだ。眺めている月は、集落にも照り、いとしい人を思いながら衣を打つ人の手許を、明るく照らしていることであろう。どこまでも深い秋の気韻が余情として残る。

次にあげるのは、古京である吉野の山を渡る寒々とした秋風と砧の音を、美しい調べでうたいあげた、雅経《まさつね》の歌である。歌風の違いを味わってみよう。

*み吉野の山の秋風さ夜更けてふるさと寒く衣打つなり

（新古今集・秋下・藤原雅経）

*和歌庭訓―鎌倉時代後期の藤原為世の歌論書。

*み吉野の……―吉野の山を吹く秋風が夜更けた感じになり、古京には、寒々と衣を打つ音が聞こえることだ。

18

桐《きり》の葉も踏み分けがたくなりにけり必ず人を待つとなけれど

【出典】新古今和歌集・秋下・五三四

小径に散った桐の葉も踏み分けがたいほどになってしまった。かならずしも人の訪れを待っているわけではないのだけれど。

【詞書】百首歌たてまつりし、秋歌

落葉にもいろいろあるけれど、桐は大きな葉の落葉。かさりと落ちて、ふんわり積もる。秋の陽射しに乾いていた葉は、朝には夜露を溜めていることだろう。そのような落葉が庭の小径を埋めつくして、踏み分けがたいまでになってしまった。三句切れの「けり」は深い詠嘆で、気がついてみれば目の前の状態になっていた驚きの気持ちがこめられている。

下句は自問自答のようなつぶやきのことばである。「必ず人を待つとなけれど」といいながら、心の底では人を待っている。来るはずもないと解っていながら、どこかに人の来訪を期待する自分の心理に、言ってしまってからとまどったに違いない。

参考として、古今歌と漢詩句が指摘されている。

*わが宿は道もなきまで荒れにけりつれなき人を待つとせしまに
（古今集・恋五・遍昭《へんじよう》）

*秋ノ庭ハ掃《はら》ハズ藤杖《とうじよう》ニ携ハリテ　閑《しず》カニ梧桐《ごとう》ノ黄葉《こうよう》ヲ踏ンデ行《あり》ク
（和漢朗詠集《わかんろうえいしゆう》・落葉・白楽天）

和歌によまれることのめずらしい桐を漢詩句「梧桐《ごどう》」から取り、発想は遍昭の歌によっている。けれどもどうであろう。内親王の歌はそうした作意をまったく感じさせず、上句の詠嘆と下句の倒置が照応し、わかりやすくそれでいてなんともいえぬ深みある抒情をたたえている。それは題詠《だいえい》でありながら、表現に実体験を思わせる歌語を入れる作者の作歌方法からきているといえるであろう。

落葉は世間との交流をままならなくする結界《けつかい》のようなもの。閉じ込められた閑居《かんきよ》に思索と慎《つつし》みの日々を過ごす女性の心がみえる。

*わが宿は……―わが家の庭は道も見えなくなるほど荒れてしまった。思いやりのない人を待っていたちょっとの間に。

*秋ノ庭ハ……―閑居を訪い来る人もいないので、落葉を掃くこともしない。藤の杖をついてゆっくり桐の黄葉した落葉を踏み散歩する。

19

秋こそあれ人はたづねぬ松の戸をいくへも閉ぢよ蔦《つた》のもみぢば

【出典】新勅撰和歌集・秋下・三四五

ああいまこそ秋である。秋であるけれど人は誰ひとり訪ねてこない松の戸を、幾重にも閉ざしてしまえ。美しい蔦紅葉の葉で。

【詞書】百首歌の中に

『新勅撰集』に二首入集する秋歌中の一首。『式子内親王集』にはなく、後に補遺《ほい》されている。初句「秋こそあれ」はめったにみられない表現で、「こそあれ」は秋を強く指し示し、逆接で下につながる。

秋が深まり、蔓《つる》を伸ばした蔦が松の戸に絡《から》まりついている。あたりは木も草も赤黄に紅葉し、まさにみごとな秋の景色である。けれども、この山居《さんきょ》にまで草を踏み分け訪ねてくる人はいない。だったらいっそのこと蔦のもみじ葉よ、松の戸を幾重《いくえ》にも閉ざし、美しい彩《いろどり》で飾ってくれとでもいうのであろう。初句は蔦もみじだけではなく、周辺一帯が秋であることを読者に知らせている。ここでいったん切れ、結句《けっく》に到ってようやく蔦のあざやかなもみじ葉を想像させ、さみしい住居に明るい色彩が出現する構成である。人は訪ねてこないといいながら、それが苦痛でもなく、かえってひとりの時間を楽しむ余裕のようなものさえ感じさせる。

内親王歌については、閉じ込められた空間が意識されているとたびたび言及される。同じ「松の戸」をよんだ前掲の「山深み」の歌同様、この歌にも漢詩「陵園妾《りょうえんのしょう》」との関係を指摘する説がある。けれども歌の明るさは抜群で、じめじめと暗い感覚はない。さみしく孤独なイメージばかりが先行する内親王にも、時には心を明るくする出来事もあったのであろう。定家が撰出したこの一首は、現存の家集にない百首歌からである。内親王の違った側面を引き出す意図があっての定家の採択と考えられはしないだろうか。

同じ勅撰集入集の秋歌は、夕ぐれの雲への物思いをよんだ次の一首。

*秋といへば物をぞおもふ山の端にいざよふ雲の夕暮の空
（新勅撰集・秋上・式子内親王）

*秋といへば……——秋といえば物思いをする季節だ。山の端には思いをさそうように煙のような雲がただよっている夕暮の空である。

20

わが門《かど》のいなばの風におどろけば霧のあなたに初雁《はつかり》のこゑ

【出典】玉葉和歌集・秋上・五七八

門田《かどた》をさわさわと吹きぬける稲葉の風に、秋が深まったのだと気がつくと、霧の彼方から早くも初雁の声が聞こえてくる。

【詞書】正治二年百首歌たてまつりける時

秋風に寒さを感じだすと渡りの季節である。田舎家の前に広がる黄の稲穂を揺らす風に秋の深まりを感じ、そろそろ雁《かり》が来る頃と想像する。そして耳を澄ませば、声がする。簡明にして描写力は抜群である。上句は、中世の歌に影響を与えた経信《つねのぶ》の代表歌、

夕*されば門田の稲葉おとづれて蘆《あし》のまろやに秋風ぞふく
（金葉《きんよう》集三奏本・経信）

*夕されば…―夕方になると門田の稲葉をそよがせ、蘆葺きの家に秋風が吹き渡ってくる。

を想起させるが、下句は、作者自身の発想で、地上の情景が天上の声に一転している。雁については、消息《しょうそく》をもたらす使いとして知られる蘇武《そぶ》*の故事がある。『玉葉集』には、雲の上に鳴く雁が多くよまれているが、霧のかかる天象に鳴く雁はこの一首のみである。「霧のあなたに」は雁の所在のはっきりしない言い方ながら、視点の定まる方向を示す清新《せいしん》な表現である。この空間把握はきわめて京極派の特色に近く、集中の配列のなかにあって異質感はない。

叙景歌は経信の時代から王朝の典雅《てんが》さを離れ、実景を真に迫った表現で描写する自然観照の世界に移行する過程をたどる。その兆《きざ》しがわずかにあらわれているのが経信歌、その先に位置するのが、新古今歌風の華麗さからは程遠い、この一首とみることができよう。

『玉葉集』の自然観照の歌には、光線の微妙な変化をとらえ明暗を浮かび上がらせ、時間的推移を徹底して追求しようとする特色がみられる。それは表面的なことばの技巧を競《きそ》うより、感動のおこるままに自分の心を素直によもうとする京極派の指導者、京極為兼《きょうごくためかね》*の歌論に基づくものである。

玉葉の理念「心のままに言葉の匂ひゆく」の詠風に先んじた一首。

*蘇武の故事―前漢の臣。武帝の時、匈奴《きょうど》に使いし、捕らわれて抑留生活十九年の苦節の後帰国した。この故事から、便りのことを「雁書《がんしょ》」とも言った。

*京極為兼―定家の曽孫。二条家・冷泉家に対抗して京極派をおこし、京極派の新しい和歌を提唱した。

21

風さむみ木《こ》の葉晴れゆくよなよなに残るくまなき庭の月影

【出典】新古今和歌集・冬・六〇五

風が寒く吹くので、木の葉が散ってゆく夜ごと夜ごと、照らし残すところもなく庭を照らす冬の月の光よ。

【詞書】題知らず

冷たい風が梢についていた葉をすべて落とし去っていく夜ごと夜ごと、さえぎるものがなくあらわになった庭を、月光が皓々《こうこう》と照らしている。秋のあいだ紅葉に彩《いろど》られた木々の美しい色は、この庭にはない。歩けばかさこそと音をたてる落葉も、この庭からは消えている。あるのは真裸となった樹木のみ。その樹木を、これまた照らし残すものがないほど明るく月が照らしている。あからさまになった夜の庭は、何者の介入も拒否する凄絶《せいぜつ》さである。こここには、秋の深まりにつれて抱いていた、紅葉や落葉に対する感傷《かんしょう》はみられず、容赦《ようしゃ》ないきびしさをみせる中世の冬の姿があるのみである。

内親王は庭をよみこんだ歌をたくさん作っているが、そのほとんどが秋と冬に集中している。

*とどまらぬ秋をやおくるながむれば庭の木のはの一かたへゆく

（式子内親王集・第一の百首）

*時雨《しぐれ》つつよもの紅葉ばふりはててあられぞ落つる庭の木のはに

（風雅集・冬・式子内親王）

両首とも曇りのない目がとらえた秋冬の庭の風景である。一首目は、作者初期の作品である。乾ききった木の葉が一方に吹き寄せられる場面をとらえたところがおもしろく、巧緻《こうち》で磨き上げられた作品にはない自然な感情の流露がみられる。一方、二首目の歌は「正治百首」の作品で、冬の季節を迎えた庭の木の葉がうたわれている。詠者は落葉となった葉に霰《あられ》が降りかかる寒々としてわびしい情景を、感情を昂《たか》ぶらせることなくみている。掲出歌は制作年不明の作品であるが、落葉の歌を通して、初期作品から精神世界を徐々に深めいく様《さま》がみえてくるであろう。

*とどまらぬ……――とどまらず移りゆく秋を見送っているのであろうか、物思いをしながらみていると、庭に落ちた木の葉が一方にかたよっていく。

*時雨つつ……――時雨がきて四方の紅葉はすっかりちり落ちてしまった。その落ちた木の葉の上に霰が落ちることだ。

22

みるままに冬はきにけり鴨《かも》のゐる入江《いりえ》の水《み》ぎは薄ごほりつつ

【出典】新古今和歌集・冬・六三八

みているうちに冬は来てしまった。鴨の浮かんでいる入江の汀に薄く氷が張ってきて。

【詞書】百首歌中に

【語釈】○入江—海・湖が陸地に入りこんだところ。ここでは池か。

きびしい寒さの入江に、羽をたたんで水に浮く鴨《かも》がいる。作者はその様子をじっと屋内からみつめている。すると、見つめている池の水際《みぎわ》にうっすらと氷が張りはじめた。「みるままに」は水が氷に変わる一瞬をとらえたことばで、長い間水面を凝視し続けているところから出てきたことばである。ぴりぴりと一気に凍りつく水面の繊細なイメージが、いかにも冷たそうである。薄氷はきらきらとして美しいが、頼りなげな上に危《あや》うさもはらんでいる。
内親王の歌は、長い時間を動くことなく見つづける「ながめ」の姿勢が顕著《けんちょ》である。「みるままに」の態度は、その「ながめ」の姿勢と同一線上に位置する行為であろう。考えてみれば、この見つめるという姿勢は、女性の生き方の系譜の中にあり、*和泉式部《いずみしきぶ》が散りはてた梅にかわる桜をみていた姿勢に通い、『源氏物語』「若菜上」において、*紫の上が苦悩する心で「青葉の山」を見つめる姿勢につながっている。今は薄氷の世界であるが、そのうち氷は広がりを増し、鴨のいる池の中央あたりまで到達するであろう。

中世は冬の美が積極的に開拓された時代である。歌人たちは、凍《こお》りついたような冬の月や、冷え冷えとした氷に関心を寄せ、競《きそ》ってつめたく透きとおった美を追求していった。水辺の鴨も冬景色をゆたかにいろどる鳥で、白鳥、雁、千鳥などとともに詩歌によくあらわれる渡り鳥である。たとえば、雁は季節の到来《とうらい》を予感するものとして登場し、千鳥は哀切《あいせつ》な鳴き声が人々の心をとらえてきた。鴨は人の住む近くの池にも泳ぎ、日常目にする機会が多い鳥である。新古今的風景の中に置くと、作者の影のようにもみえ、時代を色濃く反映している。

*和泉式部が―みるままにしづえの梅も散りはてぬさもまち遠に咲く桜かな（和泉式部集・一〇）

*紫の上が―身にちかく秋や来ぬらん見るままに青葉の山もうつろひにけり（「若菜上」紫上）

23

さむしろの夜半《よは》の衣手《ころもで》さえさえてはつ雪しろし岡《をか》のべの松

【出典】新古今和歌集・冬・六六二

狭筵《さむしろ》に片敷いた衣の袖が夜更けてひどく冷えると思ったら、今朝は初雪が白く積もっている。岡のほとりの松に。

【詞書】百首歌に

雪月花《せつげつか》に象徴される日本美の冬の代表である雪は、形状により降る時期によりさまざまにいいあらわされてきた。初雪は名の通りその冬はじめて降る雪。『古今集』には白雪が圧倒的に多く、『新古今集』は淡雪《あわゆき》もみえている。

歌の前半は夜の床《とこ》での出来事、後半は明けた朝の外の光景。夜半に、衣の袖から夜気が入り、しんしんと冷えこむことを感じたが、翌朝目覚めて戸を開けると、岡の上の松は雪をかぶっていたという驚きの心である。室内の暗さが一転し、雪の白さに変わる鮮やかな展開、松の緑と雪の白さの色彩による対比が、きびきびとした韻律《いんりつ》でうたわれている。

「さえさえて」は、畳み掛けることばによる接続であるが、時間の経過と深い問合いがこめられて、上句と下句を繫《つな》いでいる。内親王が用いた畳みかける語は他に、「よなよな」「末々《すえずえ》」等がある。掲出歌を『新古今集』に撰出した家隆《かりゅう》は、畳みかける表現を好んだらしく、「よなよな」「末々」の二首*も『新古今集』に撰んでいる。颯々《さつさつ》とした彼の個性を感じさせる撰である。

雪は古来「白雪」「初雪」とよまれはしても、「初雪しろし」と表現される例はみられなかった。ところが、源経信《つねのぶ》が「はつゆきは松の葉しろく」（『金葉集』冬）とよんだあたりから色彩を強調する傾向があらわれ、新古今時代に広まり、さらには、後の京極派和歌に継承されていく。この一首は、その先駆けとして存在する。

　月*かげはもりの梢にかたぶきてうす雪しろしありあけの庭
（玉葉集・冬・永福門院）

この永福門院の歌は、内親王の発想を受け継ぎ、薄雪に白い明け方の庭を、梢にかかる月光に浮かび上がらせている。

＊二首─「風さむみ木の葉はれゆくよなよなに残るくまなき庭の月影」「天のしためぐむ草木のめも春にかぎりもしらぬ御代の末々」

＊月かげは……─月の光は森の梢にななめに射し、うっすらとつもった雪が白い有明の庭であることよ。

24

身にしむは庭火《にはび》の影もさえのぼる霜夜《しもよ》の星のあけがたの空

【出典】式子内親王集・正治百首・冬・二六六

身にもしみ、心にもしむものは、篝火《かがりび》が神楽の笛の音とともに冴えのぼる霜夜の庭に、星のかがやく明け方の空をみることだ。

「庭火」は神楽《かぐら》の奉納《ほうのう》される庭に焚《た》かれる篝火《かがりび》のこと。夜を徹しての舞楽《ぶがく》は明け方まで続き、興奮のうちに朝を迎える。冬題の詠であることからもわかるように、晩秋から初冬にかけての神事である。神楽は古くは「神あそび」と称され、天照大神《あまてらすおおみのかみ》が岩戸に隠れた時の歌舞にはじまるといわれ、必ず夜催された。宮中内侍所《ないしどころ》、豊楽院《ぶらくいん》が代表的なもので、伊勢・賀茂・石清水などの社頭でも奏された。

『枕草子』「なほめでたきこと」は臨時の祭についての章である。その一段に十一月の第三酉《とり》の日に行われる賀茂の臨時の祭の還立《かえりだち》についての記述がある。

庭火の煙のほそくのぼりたるに、神楽の笛の、おもしろくわななき吹きすまされてのぼるに、歌の声もいとあはれに、いみじうおもしろく、寒くさえこほりて、うちたる衣もつめたう、扇持ちたる手も冷ゆともおぼえず。

寒さを忘れるほどの興趣《きょうしゅ》が語られている。賀茂の斎院であった内親王は、似たような場に臨んだことがあったのだろう。神事の場面を詠じた歌は、この一首しか伝存しないが、あけがたの冷気のなかに身を置く描写に実感がこもっている。神楽終盤には「あかぼし」という舞が演じられることがあったようで、曲目と歌との関係を指摘する説も多い。

香をとめし榊《さかき》のこゑにさ夜ふけて身にしみはつるあかほしの空
(拾遺《しゅうい》愚草《ぐそう》・定家)

定家の歌は、神事の場における身にしむ寒さを、明《あけ》の明星と榊の香とともにうたいあげて神聖である。

七夕星《たなばたぼし》以外の星をよむ例が少ないなか、星を描くめずらしい作品で、注目に値する一首である。

*庭火の煙の―庭火がたちのぼり、笛の音がふるえて澄んだ声で吹きのぼり、歌声もあわれで大層おもしろい。寒く凍って、衣も冷たく、扇を持つ手が冷たくなるのも感じないほどおもしろい。

*あかぼし―明け方、東の空に見える明の明星の金星のこと。

25

天《あめ》のしためぐむ草木のめも春にかぎりもしらぬ御代《みよ》の末々

【出典】新古今和歌集・賀・七三四

天から降る春の慈雨《じう》に草木が芽ぐみ芽を張って、目にもはるかに春がどこまでも限りなく広がるように、君の御代は末々まで幾久しく栄えることであろう。

【詞書】百首歌たてまつりし時

春の草木が雨に成長を続けるように、国家と皇室の繁栄が続いてほしいとの願いをこめた賀歌《がのうた》。賀歌は、晴れの歌の性格上、風格があり、欠陥がなく、つかえるところなくよむものである。この歌は掛詞《かけことば》を駆使《くし》し、流れるような音感の連鎖によって、天皇の治める御代が永久に続くよう言祝《ことほ》いでいる。「あめ」に「天」と「雨」を掛け、「めぐむ」に「芽ぐむ」と「恵む」を掛ける。「めも春に」は「芽が張る」と「目も遥か」が響きあう。「天」と

*賀歌—祝意を表わす歌の総称。

「草木」は天子の威徳《いとく》と民の比喩である。

歌が詠まれた正治二年（一二〇〇）は、土御門《つちみかど》天皇の治世だが、後鳥羽院《ごとばいん》が院政をしいていた。詞書の百首歌が院主催の百首であることから、祝意には、今上帝《きんじょうてい》だけでなく、後鳥羽院も意識されているであろう。後鳥羽院は内親王の甥《おい》にあたる。この時、鎌倉幕府とわたりあった父帝後白河《ごしらかわ》はすでに亡くなり、実権は武家が握っている。いくら後鳥羽院が望んでも、王権主導を取り戻すのはほぼ困難なところにきていた。王朝の衰退を、内親王はどんなに悲しみはかなんでいたことであろう。これほど比喩や掛詞《かけことば》を使いながら、一首がやわらかな春のイメージをもつ優美な賀歌になりえているのは、心より王室の安泰を願い、王統がいつまでも絶えることなく続くことを祈る、内親王の切なる思いがこもっているからではなかろうか。

ちなみに『新古今集』賀歌巻頭は、仁徳《にんとく》天皇の御製《ぎょせい》である。

高き屋に登りて見れば煙《けぶり》立つ民のかまどはにぎはひにけり

（新古今集・賀・仁徳天皇）

民の生活の立ち直りを、かまどの煙の賑《にぎ》わいにとらえ、深い愛をみせている。『新古今集』入集の内親王の賀歌は、この一首のみである。

26

松がねの雄島《をじま》が磯のさよ枕いたくなぬれそ海女《あま》の袖かは

【出典】新古今和歌集・羇旅・九四八

松の根をまくらに、雄島の磯で旅寝するわたしの袖は、ひどく濡れないでほしい。海女の袖ではないのだから。

【詞書】百首歌たてまつりし時

国内はもとより海外へも自由に旅行ができる現代と違い、はるか昔の旅はさぞ困難を極めたことであろう。『新古今集』羇旅《きりよ》部は万葉の歌からはじまるが、そこには地方から帰ってくる船上で、懐《なつ》かしい大和《やまと》の山を目にした喜びをうたった歌、別れてきた人を思いやる歌などが並んでいる。野宿も多かったらしく、草を結び旅の無事を祈る歌、浜荻《はまおぎ》を折り伏して磯に旅寝する歌もある。内親王の時代には、実際に旅する人が増えたことや、題詠《だいえい》の発達によって「旅の心」を詠作する機会が増加したことなどから、旅の歌に変化がおきている。

この一首は、現実の旅ではなく、荒磯に宿る旅人の心をよんだものである。万葉語「松が根」「さよまくら」を使い、万葉人の心になって詠作したのであろう。「雄島」は陸奥《みちのく》松島の小島で、月の名所として知られる。陸奥は容易に行けない土地であるが、それゆえ、まだ見ぬ風土へのあこがれが強く、旅の風情を自由に想像することができる。旅人と当地の海女《あま》をクロスさせ、荒々しい磯の風景を演出したところがめずらしかったのか、新古今撰者の高い評価を得ている。

この歌の並びにもう一首、万葉を発想源にする内親王の歌がある。

行く末*はいまいく夜とか磐代《いはしろ》の岡の萱根《かやね》に枕むすばん

(新古今集・羇旅・式子内親王)

紀伊磐代の旅寝を想定し、これから続く旅のおぼつかなさや不安感を抱えながら、萱の根に一夜を明かす心をうたいあげている。

歌によみ継がれ、歌人の風雅心が育てた各地の歌枕名所は、多くの逸話を生み、分厚さを加えつつ、現代に至る数奇《すき》の精神を伝えている。

＊行く末は…―行く先、あといく夜の旅寝を重ねるのであろうか。磐代の岡の萱根のもとで、今夜の草枕を結ぼう。「君が代もわが代も知るや磐代の岡の草根をいざ結びてな」という万葉歌に基づく。

27

たそがれの荻《をぎ》の葉風にこのごろの訪《と》はぬならひを打ち忘れつつ

【出典】式子内親王集・第二の百首・恋

たそがれ時、荻の葉風が聞こえだすと、あの人の訪れがないことにもう慣れているはずなのに、それを忘れて、お見えではないかしらと思ってしまうことであるよ。

【語釈】○たそがれ―「誰《た》ぞ彼は」から人の見分けがたい時刻。○荻―イネ科の多年草。水辺に群生する。○ならひ―習慣・習性。

夕方になって吹く風はそうでなくてもさみしいのに、訪れの絶えた人を、訪れていたときと同じように待っている身に吹く風は、なおさらさびしい。訪れが絶え、来ないことに慣れているはずなのに、荻の葉ずれの音をきくと、自然と意識が反応し、現実を錯覚してしまうのである。

こうした体験に心あたりがある人もいるであろう。たとえば、いつも帰ってくる時刻に車の音が聞こえると、すでに亡くなった人なのに、帰ってきたと感違いをし、はっとしたとか。あるいは、よく休んでいた庭の木陰に立つと、すでに出て行った人が、ふとあらわれるように感じるなど。そうした感覚は遠い過去ではなく、身体や意識が以前の習慣、習性を忘れないでいる近い過去に起こりやすい。

内親王は、ともすれば見過ごしがちな微妙な心の動きを掬《すく》い上げ、ことばにならないような感情を、実に繊細に表現することにたけた歌人である。

君待つとわが恋をればわが宿のすだれ動かし秋の風ふく*

（万葉集・巻四・額田王《ぬかたのおおきみ》）

この一首は、簾《すだれ》を動かす風を恋人の訪れと聞いた万葉の女性歌人の歌である。恋人の訪れを今か今かと待っていると、出入り口の簾が動き、風が入ってきた。「あっ、見えた」と一瞬思ったに違いない。期待感に胸を膨《ふく》らませ待っている額田王《ぬかたのおおきみ》の失望もさみしいが、理性ではわかっているのに、現実を錯覚し、訪れを待っている式子内親王の心情は、救いがないだけに、さらに哀切である。いくら辛くても悲しくても、錯覚に気付き、現実に向きあい、静かに自分をなだめ、元の心にかえっていくしかない。女性ならではの屈折した心情、空疎感がにじみでている。

＊君待つと…—あなたのおいでになるのを恋しい思いで待っていたら、私の宿の簾を動かし秋風が入ってきた。

28　玉の緒《を》よ絶えなば絶えねながらへば忍ぶることの弱りもぞする

【出典】新古今和歌集・恋一・一〇三四

わたしの命よ、絶えるのならばいっそのこと絶えてしまえ。これ以上生きながらえていると、忍ぶ恋心が弱ってしまうであろうから。

【詞書】百首歌の中に、忍恋を

忍恋《しのぶこい》の歌人といわれる式子内親王の代表歌であり、『小倉百人一首』にも選ばれている一首。詞書の百首は、いつの百首か不明。

「玉の緒」は玉を貫いた緒《ひも》のことで命の意。「絶え」「ながらへば」「弱る」はすべて「緒」の縁語《えんご》。

人は思慕《しぼ》の情をどれほど長く秘め続けていることができるのであろうか。この歌は、誰にも思いを告げることなく、胸に秘め続けてきた恋心が、耐え切れなくなったときの心弱りをよんだ歌である。耐えに耐え忍びに忍んできた緊張感が頂点に達した時、それ以上気持ちを維持しようとすれば、心が弱ってしまいそうになる。だから、わたしの命よ、絶えてしまうなら絶えてしまえ、とおのれの命を投げ出している。かなしいまでに激しく、孤独な魂の叫び声である。

「玉の緒よたえなばたえね」の「た」の頭韻《とういん》による畳みかけが、激しい気持ちの流露となり、下句のくずおれそうな心をどうにか支えている。ことばの組み合わせをみると、具体的な物象をあらわす歌語はほとんどない。あえていえば、「緒」であろうか。それ以外の「絶ゆ」「ながらふ」「しのぶ」「よわる」、すべて心内をあらわす歌語で、実体がないことばである。程度を測《はか》りえない歌語を使用し、思いを述べる。当時の恋歌からみれば、なんと斬新《ざんしん》な方法であろう。

古注釈では、この一首を、「忍び弱りてうき名のもれては命生きても甲斐なかるべし、とても耐ゆべき命ならば、この事の洩れぬ先にいかにもならばやと願ひたる心、女の歌なれば哀れ浅からずや」（＊頓阿《とんあ》）と評し、浮名が洩れない先に命が絶えてもいいと思う心が哀れである、という。また、「これ

＊頓阿―鎌倉・南北朝時代の歌僧。

は忍ぶ恋の心深きさまなり」（*宗祇《そうぎ》）と述べ、誰にも打ち明けることなく、表立たないよう思慕している心が深い歌だとの認識を示している。

これほど忍恋のあるべき姿をよんでいるにもかかわらず、諸注釈が本歌や参考歌に指摘する古歌は幾首もあり、特定されきっていない。このことは、この歌が特定の古歌に依拠《いきょ》するのではなく、誰の心にも通念としてある忍恋の本質を、独自の表現で詠出《えいしゅつ》していることの証《あかし》でもあるだろう。

内親王はこの歌のほかにも、恋と死が直結するような作品を残している。

いかにせむ恋ぞ死ぬべき逢ふまでとおもふにかかる命ならずは

（式子内親王集・補遺）

わが恋はあふにも返むよしなくて命ばかりのたえやはてなむ

（同・第二の百首）

逢うまでの命、命とひきかえの愛をうたうもので、これらも当時の恋歌の一パターンであった。

伝説によると、内親王はこの一首を定家におくり、定家は、謡曲「定家」にみるように、激しい思いが葛《かずら》となって内親王の墓石にまといついたという。しかし、これは、この歌が忍恋の本意を実体験のようにうたいあげ、リ

*宗祇―室町末期の連歌師。

アリティーをもって胸にせまってくるところから出た伝説であって、あくまでも幻視を謡《うた》うものにすぎない。
内親王の陵墓《りょうぼ》といわれる場所は、京都千本今出川《せんぼんいまでがわ》にある。秋の一日、その場所を訪れたことがある。すぐ前を車が行き交う喧騒《けんそう》に接した陵域は、許可なくして出入りすることが禁じられ、高い塀から墓石をうかがうことはできなかった。しかし、バスに揺られての道中、紅葉しはじめた木々の間に女性がたち、ほほえんでいるようにみえた。歌を読むことによって、私のなかにある内親王が一つのあらわれ方をしたのであろう。
「玉の緒よ」は、新古今撰者五人全員が共撰し、当時の評価が非常に高かった歌である。先にも述べたように、忍恋の本意を実体験のようにうたい、その上、個性ある表現を有していることに対する評価だと思う。「堀河百首」*において組題《くみだい》が確立し、「六百番歌合」*において題意の追求が先鋭化する時代、個人的な関わりを作歌することは稀《まれ》であった。式子内親王は題に基づいて構想された虚構のなかに、忍恋とはどんなものであるかを、もっとも美しいあり方として提示しているのである。

*堀河百首―長治三頃（一一〇六）成立。堀河天皇が十数名の歌人から歌を提出させて編んだ組題百首。組題とは百首全部に題を体系的にふしたもの。

*六百番歌合―建久四年（一一九三）成立。判者は俊成。九条良経の主催になる。定家ら御子左家歌人と旧派の六条家歌人が対立した。

29

忘れてはうちなげかるる夕べかなわれのみしりてすぐる月日を

【出典】新古今和歌集・恋一・一〇三五

わたしだけが思いつづけてきた月日であるということをふと忘れて、つい嘆いてしまう夕べであることよ。

『新古今集』恋部に三首連続して入集したうちの一首。詞書の「忍恋」とは、自分の心のなかだけに人を思い続けることである。それなのに、つい、相手も自分のことを思ってくれているよう錯覚して、夕べになると人を待ち、待ち人が来ないことが嘆かれる。長い年月、思いを内に秘め、ことばに出さずに過ごしていると、現実のことと意識だけの思いを混同する瞬間がおとずれる。そういう時に思いを洩らしてしまうのである。口をついて溜息の

【語釈】○忘れては―結句の「すぐる月日を」を受ける。

ようにことばを洩らすとき、作者の心は解き放たれ、ひそかに満ち足りた気分になる。

恋の歌の場合、夕べは人を思い、人を待つ時刻、人が訪れる時間帯である。この歌は、その伝統によりながら、思いの深さをうたいあげている。「夕べ」のことば以外に、恋の情景は描かれていないが、題詠でよんだというより、むしろ実体験に近いよみぶりだからであろうか、歌の中に描かれた人物と作者像が一体となって浮かびあがってくる。「われのみしりて」の心深いことばには、ほのかな艶《えん》がただよい、恋する女性の精神の美しさを見る思いがする。

同じく忍恋をうたった、

*あはれともいはざらめやとおもひつつ我のみしりし世を恋ふるかな
(式子内親王・第一の百首)

の歌では、恋心が知られてしまった後、わたしだけが思っていた時が恋しいと、忍恋を肯定しているようなうたいぶりである。

「忘る」は作者の愛用した語で、『式子内親王集』には、何度もくり返しよまれている。

*あはれとも……――私の深い思いを、あなたは愛しいとい わないだろうか、いうだろう、と思いながら私だけが知っていた日々をなつかしく思い出すことだ。

30

我が恋はしる人もなしせく床の涙もらすな黄楊《つげ》の枕

【出典】新古今和歌集・恋一・一〇三六

わたしの恋は知っている人もいない。やっと堰《せ》き止めている床の涙を洩らさないでおくれ、その名も「告げる」という黄楊の枕よ。

自分が恋していることさえ相手に知られないのが「忍恋」。せっかく秘密を守ろうとして、涙がこぼれないように耐え、洩れないよう床を堰《せ》き止めているのだから、枕もわたしの忍びきろうとする思いを理解して、他人に言わないでおくれ、と訴えかけている。

なぜ、枕に命令するのか。それは『古今集』の本歌に〈枕だけが恋の思いを知っているのだ〉、〈枕のほかには思いを知るものがいないはずなのに〉と

【本歌】わが恋を人知るらめや敷妙の枕のみこそ知らば知るらめ（古今集・恋一・よみ人しらず）。
枕よりまた知る人もなき恋を涙せきあへずもらしつるかな（古今集・恋三・平貞文）。

【語釈】○黄楊―ツゲ科の小

うたわれているように、枕は古来より恋の秘めごとを知っているという認識があったからである。「つげ」は、「黄楊」と「告げ」、ふたつの意味を掛ける掛詞で、歌を複雑かつ重層に修辞している。

　この歌の特色は、二句切れのあとに続く歌語にある。「せく」「床の」「涙」「もらすな」「黄楊の」「を枕」と細かに分節された歌語は、掛詞「つげ」を軸に、心情（涙もらすな）が情景（せく床、黄楊のを枕）へ展開するかたちをとり、結句までぐいぐいとリズムを刻んでいく。なんでもない表現のようであるが、このように情と景を一体化し、はっきりとした映像が浮かぶ場面をつくりあげることは、新古今歌風の特徴といわれるものである。式子内親王は、恋の歌において、当時最新の手法を獲得し、定家の追求する新しい歌の方向へ近づいていったと考えられる。いいかえれば、前掲「忘れては」の歌のように、実体験とも思える実感優先の歌作法ではなく、イメージによる虚構の場面の構築を追求する、新古今的抒情への橋掛《はしがかり》りを歩んでいるということができるであろうか。

　誰にも言えず、苦しい思いを胸に秘めて、独り寝に耐えている緊張感がいたいたしい。

高木。○を枕―「小《を》枕」とあてるが「を」は軽く語調をととのえる語。

31

しるべせよ跡なき波に漕《こ》ぐ舟のゆくへもしらぬ八重《やへ》の潮風

【出典】新古今和歌集・恋一・一〇七四

舟の航跡もない波に乗って漕ぐわたしの舟は行く先もわからずにいる。道しるべをしてくれ。八重の潮路をはるかに吹く風よ。

【詞書】題知らず

恋のゆくえを、道しるべもない海上を進みかねる舟のたよりなさに喩《たと》えた歌。航跡がなく、進むべき方向が定かではないはるかな海上を、波に揺られながらただよう舟、その舟にあてどない恋になやむ心を象徴させている。「しるべせよ」と呼びかけるのは、はるか海上に、道しるべを頼むような順風が吹いているのだろう。「ゆくへもしらぬ」は、まだ舟が潮風に乗らず、方向を探しあぐねている様子の描写である。だからであろうか、揺れ動く心理にすこしも安定がもたらされず、「八重の潮風」と余情をのこして結び止めたことによって、かえって不安感が増幅している。

『古今集』の本歌、

白波の跡なきかたにゆく船も風ぞたよりのしるべなりける
（古今集・恋一・藤原勝臣《かつおみ》）

は、波のたっていない海をいく舟は風をたよりにするものだ、と恋の道案内をする人がいないことを嘆いている。この31歌では、幾重にも重なる海風に道案内を頼む心とし、ことわりめいた『古今集』の古歌が、実感をともなった歌としてよみがえっている。

この歌を読むと、『百人一首』に採られた、

＊由良《ゆら》の門《と》を渡る舟人梶を絶えゆくへもしらぬ恋の道かも
（新古今集・恋一・曽祢好忠）

を思い起こす。舟は好忠の歌でも自分自身の暗喩《あんゆ》となっている。

これから展開する恋の行方を大海に浮かぶ舟と波風に象徴する。このような高度なテクニックによる情緒の表象化は、恋歌の場において独自の発展を遂げ、美的余情をたたえた特色ある新古今歌風をつくりあげる。

＊由良の門を…――由良の門を渡る舟人の梶の緒が切れて小舟はどう流されるかわからないが、そのように私の恋路もどうなるか先が見えないことだ。

32

夢にてもみゆらむものを嘆きつつうちぬる宵《よひ》の袖のけしきは

【出典】新古今和歌集・恋二・一一二四

夢にでもみえるであろうものを、嘆きながら寝る宵の袖が涙に濡れている様子は。

【詞書】百首歌中に

逢おうと思えば容易に逢うことができ、ケイタイを使えば相手の心に自由に入っていける現代の男女は、せめて夢の中だけでも逢いたいと願う人たちの思いを、どうみているのであろうか。

人の噂になることを怖れ、人に笑われることをなによりの恥辱《ちじょく》とした時代、男性の訪れを待つしかなかった王朝の女流は、たくさんの夢の歌を作っている。小野小町は、

思ひつつぬればや人の見えつらむ夢と知りせばさめざらましを

（古今集・恋二・小野小町）

うたた寝に恋しき人を見てしより夢てふものはたのみそめてき　（同）

と詠じた。「夢であるとわかったなら覚めるのではなかったのに」、「夢をなんとなく頼もしく思いはじめるようになった」の意で、夢に思う人があらわれた時の感情をあらわした歌である。

一方、内親王の夢は、見方を変え、自分の姿が相手*の夢の中にあらわれているはずだということを詠じる。自分が見る夢ならば頼りにもなり、希望も湧くであろうが、相手の夢にあらわれているかどうかを推測することは、いかにも頼りなく、あてにならないことである。それでも、そう想《おも》うしかなかったところに、この一首の着想のおもしろさがみえている。「夢にてもみゆらむものを」の言い方は、恋すると相手の夢にあらわれるという俗言があったからだという。

中古から中世にかけて、夢によって将来を予告する夢占《ゆめうら》、夢解きが盛んに信じられ、神秘的なものを日常生活と結びつけようとする試みがなされる。『源氏物語』における源氏の須磨《すま》退隠も夢解きによるものであった。

＊相手の夢の中に―古代では夢での逢瀬は二方向があった。相手がこちらにあらわれる場合と自分が相手の夢の中へでる方向の二つ。

33

逢ふことをけふ松が枝《え》の手向草《たむけぐさ》幾夜しをるる袖とかは知る

【出典】新古今和歌集・恋三・一一五三

お逢いすることを待ち続けてわたしの袖は、松の枝に手向けた幣《ぬさ》のように幾夜も涙にしおれたのですが、あなたはおわかりになりますか。

【詞書】百首歌に

長いこと待ち続けた思いがようやく叶《かな》って、逢えることになった日の心境が、抑揚《よくよう》ある流麗な韻律でよまれている。

本歌は次の一首。

白波のはま松が枝の手向草いくよまでにか年のへぬらむ

（万葉集・巻一・川島皇子）

「白波のよせる浜辺の松の枝に掛けられた手向草はどれくらい年を経てい

るのであろうか」が歌意である。川島皇子の本歌は、実際に旅の安全を祈り、松に草を結んで幣とした古代の風習をよむものであるが、式子の歌は、恋の成就《じょうじゅ》を願う祈りに変え、待つ心の序としている。「けふ」と「幾夜」を対照し、「松」に「待つ」を掛け、「夜」は「世」を掛ける。ことばとことばを繋ぎ、意味を連鎖させながら結句に導いていく一首は、結句にいたってようやく嘆きの具体がみえてくる構造になっている。それは、逢うまでの長い時間の経過を語る息の長さとも通じるものであろう。

四句目の「幾夜しをるる」の現在形をめぐり、江戸の注釈書『*新古今増《ぞう》抄《しょう》』『*新古今集美濃《みの》の家づと』は、両書とも「しをれし」と過去形であるべきだと主張している。これに対し、近年の諸注は現在形に意味を見出そうとする傾向にある。時間をどう認識するかにより解釈のわかれることばである。

本歌取は、本歌と新しくよまれた歌とが互いにかかわりながら、二重三重に複雑な歌の世界を作りだすものである。この歌の恋がどことなくおおらかで、待ち焦がれた逢瀬が緑豊かな自然のなかであるような印象をあたえるのは、本歌である万葉歌が紀伊の国の風土を背景に展開しているからであろう。

*新古今増抄―加藤盤斎著。
*新古今集美濃の家づと―本居宣長著。

34

君待つと寝屋《ねや》へもいらぬ槙《まき》の戸にいたくなふけそ山の端《は》の月

【出典】新古今和歌集・恋三・一二〇四

あなたを待って寝所にもはいらずにいます。閉ざさないで待っている槙の戸に、夜の更けたことを知らせる光を射さないでおくれ、山の端の月よ。

【詞書】待恋といへる心を

「槙の戸」は杉や檜《ひのき》で作った板戸のこと。作者は、来る人を待って、夜の更けるまで寝所に入らないでいる。出入り口にあたる戸は閉ざさないままにしているのであるが、待ち人はなかなか来ず、とうとう夜が更けてしまった。月もすでに山の端に近くなり、押しとどめようにも時間は過ぎていくばかり。もうこれ以上更けてくれるなという思いであろう。ひんやりした板戸に一人待つ嘆きがこもる。

静かに待ちながら心の内にさざなみ立つ感情を、しんねりとゆるやかな調べに描き、しっとりとした情感を投げかけている。

『古今集』恋部は、待恋《まつこい》の歌を連続して入集させているが、そのうち、「槙の戸」をよむのは、

君や来むわれや行かむのいさよひに*槙の板戸も鎖《さ》さず寝にけり
（古今・恋四・読人しらず）

である。来るのを待とうか、それとも行こうかとためらっているうちに、槙戸も鎖さずに寝てしまった意である。相手との距離を微妙に測りながら、夜を過ごす女性の心理が感じられる。古今歌の「槙の戸」は部屋の出入り口の戸と解されるから、内親王歌の場合も、庭にある戸ではなく、室内の戸と解しておこう。

掲出歌は、古今歌を吸収しながら、待つ人の切なさを繊細に、陰影をつけて描き出している。月の光も艶な情緒を引き立てる。しずかに黙って来る人を待つ、それも夜が更けてしまうまで、と思われるかも知れないが、そこには、私たちがすでに忘れ去ろうとしている、純粋でひとすじな愛の心がみえはしないだろうか。

*いさよひに―ためらひを示す「いさよふ」に「十六夜《いさよひ》の月」を掛けている。

35

さりともとまちし月日ぞうつり行く心の花の色にまかせて

【出典】新古今和歌集・恋四・一三二八

そのうちに訪れることもあろうと、待っていた月日は移り過ぎていく。あの人の心の花の色があせゆくままに。

【詞書】百首歌中に

『新古今集』の撰者名注記によれば、定家一人が採択した一首。相手の訪れがなくなって久しいのに、それでも、もしかして来るのではないかと待っていた時間が空しく過ぎていくことをうたう。下句の「心の花」は先例があって、それが本歌となっている。

色見えでうつろふものは世の中の人の心の花にぞありける
（古今集・恋五・小野小町）

「色がないのに色あせるものは、人の心という花である。」という意味。小町は、心を花の概念に象徴させ、思いの昂《たか》まりから絶頂期を経て衰微していくまでの心理の変化をとらえている。

これに対し、式子の歌は、古歌の「人の心は移りゆくもの」という概念を前提に、相手の心に添ってきた世を振り返る。相手の心だけを頼りに、忸怩《じくじ》たる想いを抱き続けてきた女性の心の裡《うち》を、さりげなく吐露している。初句「さりともと」の入り方、結句「まかせて」の中途半端な止め方は、どちらとも決めかねる心を引きずってきた様子がみえるような表現で、鬱鬱とした心から諦《あきら》めに変化しようとする心境が滲《にじ》み出ている。

自分のこころの裡をつぶやくようにことばにするのは、式子内親王の歌に時折あらわれる特長*である。豊かに場面が広がるのでもなく、華やかな物言いでもないが、とらえどころのない精神の深奥部をことばにしているところは、現代短歌とも通じる。自己分析に分け入った点を定家は評価したのであろうか。恋のテーマに沿って、「忍恋」「逢恋」を経て「久不逢恋《ひさしくあわざるこい》」へと続く恋心を縦横によみ分ける技量は、当代第一の女流と呼ばれるにふさわしいといえる。

＊特長―次の36「生きてよも」の歌の解説を参照。

36

生きてよも明日《あす》まで人もつらからじこの夕暮を訪《と》はばとへかし

【出典】新古今和歌集・恋四・一三二九

生きていても明日までの命だ、そうと知ればあの人もつらくあたらないだろう。訪れるのならこの夕暮を訪れてください。

【詞書】百首歌中に

前掲の「さりともと」の歌に並び配されている歌。典拠不詳。

自分の思いに答えてくれない人に対し、胸のうちを吐露している歌である。「いきてよも明日まで」は自分のこと、「人もつらからじ」は相手のこと。恋の苦しさに耐え切れなくなり、明日までも生きていることはできない。それを知ったならば、いままでつれない態度をとっていた人も、まさかつらくはあたらないであろう。あわれと思う気持ちがあるならば、今日、この夕暮、私の命があるうちに訪ねてきてもらいたいものだ、の心である。

生きているときのことと、死後の相手の気持ちを同時に、しかも、来訪を期待することまで、一気にうたいあげる。複雑な心情を三十一文字に託し、弱気をみせず、気丈《きじょう》に訴えかけたところに、恋へのなみなみならぬ執着が感じられる。

恋題の歌は、ほのかな思慕《しぼ》にはじまり、恋の深まりにつれ死を意識する歌に進展する。いわゆる恋死《こいじに》と称されるもので、その激しさゆえにであろうか、男性の立場からの詠であるとする説が出ることも往々にある

式子内親王の恋歌をみると、「玉の緒よ」の歌やこの「生きてよも」のように、激しく心情をぶつけていく歌と、「忘れては」「さりともと」のように、しおらしく、なよやかな情をみせる歌があることに気付く。強靭な精神と優美な情、本質を見きわめる知性と繊細な心、対照的な二つの局面をみせる。この歌は、強く激しい心情の表出で、死の寸前まで自分を追い詰めたところからの発想である。死をもいとわない激情はどこからくるのか、なぜそこまで自分を追い詰めなければならないのか。内親王の恋歌は私たちに考えなければならない問題をつきつけてくる。

37

みたらしや影絶えはつる心地して志賀の浪路《なみぢ》に袖ぞぬれにし

【出典】千載和歌集・雑上・九七三

御手洗川《みたらし》の川に映るわたしの影が消えてしまいそうな気がいたしまして、志賀の湖の浪に祓いをする袖が濡れ、涙があふれたことでした。

【詞書】賀茂の斎院替り給ひてのち、唐崎の祓侍りける又の日、双林寺の御子のもとより、きのふは何事かなど侍りける返事につかはされける

〈賀茂神社の斎院を交替された後、唐崎の祓がありました次の日、双林寺

斎院の務めを交替した後、志賀の唐崎で行う祓《はらえ》の感慨をよんだ歌である。その様子は、上西門院《じょうさいもんいん》の際の「御祓へのところはかたちのやうなる仮屋に、斎垣《いがき》の赤の色、水の緑見え分きて、心あらむ人は、いかなる言の葉もいひとどめまほしき」（『今鏡』*）と描写されているのが、参考になろうか。詞書は、双林寺の御子《みこ》（鳥羽天皇皇女の高陽院《かやのいん》姫宮）が届けた消息に対する返歌であると記している。返歌ということもあろうが、このように素直に心の

の御子のところから「きのうはどうなさったのですか」などとお尋ねの返事にお遣わしになりました。〉

【語釈】○影絶えはつる―姿がすっかり消えてしまう。

*今鏡―歴史物語、寂超著。

内を表現した歌は、『式子内親王集』をみてもめずらしい。消息をよこした姫宮に寄せる信頼の深さと、うちとけた間柄をうかがわせる詞書である。

「みたらし」は賀茂神社境内を流れる御手洗川《みたらしがわ》のことで、禊《みそぎ》ごとに斎院の姿を映してきた小川である。斎院の任果てた式子内親王は、琵琶湖の浪に袖を濡らし、祓をしながら賀茂の禊のことを思いおこし、涙をとどめることができなかった。「影絶えはつる」は、一瞬にして斎院生活のすべてが消えてしまいそうだ、の意であろうか。務めを果たした安堵感に淋しさが入り混じり、複雑な心中を伝えている。斎院退下の年（嘉応《かおう》元年・一一六九）とすれば、二十一歳の作である。すでに歌人の風貌をそなえたしっかりした描写力である。

式子内親王の歌は、余人のよむことができない巧緻な詠風《えいふう》と評される。現在知られる内親王歌は、三種の百首歌、勅撰集に入集した歌と補遺歌のみである。しかし、もし、この掲出の一首のように親しい友人や歌人に宛てた消息歌が数多く残っていれば、生前の動静を知ることができ、内親王の日常にもっと近づくことができたはずである。叶わぬことと知りながら、残念でしかたがない。

38

ほととぎすその神山《かみやま》の旅枕ほの語らひし空ぞわすれぬ

【出典】新古今和歌集・雑上・一四八六

ほととぎすよ、その昔、神山の神館で仮寝の一夜を過ごした夜、ほのかに語らうように鳴いていた。その初夏の明け方の空が忘れられないことだ。

【詞書】斎のむかしを思い出でて

【語釈】○神山―賀茂神社にある山。

いまでも年輪を重ねた樹木が繁る広大な賀茂の森は、ゆったりとした時間が流れ、境内は小川の水音までが聞こえる静けさである。ちょっと奥にはいれば、内親王が祭事をとりおこなった八百年前の自然がそのまま残されている。訪れるたびに、四季折々の風貌をみせる賀茂の斎庭《いつきのにわ》は、巫女《みこ》姿の現代女性に混じり、斎院の衣装をつけた内親王があらわれそうなたたずまいである。

内親王は少女期から青春期にかけて、葵祭《あおいまつり》を前に、賀茂の神山に潔斎《けっさい》のための一夜を過ごした。明けそめた暁の空に鳴くほととぎすの声は、その昔、五月《さつき》が来るたびに、これから展開する神事の緊張感のなかで聞いた声と重なって、懐かしさがこみ上げてきたのである。「空ぞわすれぬ」と振り返り回想する日々は、世間から隔てられ、においやかな青春とは言い難いものであったが、その後の、なお寂しく孤独な運命からすれば、純真な心でいられた時期であったのではなかろうか。今はもう思い出のなかに純化し、忘れられないものとなってしまった斎院時代を、いつくしんで追想している。

古典和歌において、ほととぎすは夏の代表的景物であった。『古今集』夏部は、大半をほととぎすの歌が占め、さまざまな空間に鳴く声を歌にしている。現在に伝わる異名の多さ（あやなしどり、うづきどり、しでのたおさ等）、多彩な漢字表記（杜鵑、子規、時鳥、不如帰、郭公他）からも、この鳥に対する親愛の深さを知ることができる。実際の鳴き声は鋭く甲高いため、「語らふ」の語感とは異質な感じがするが、詩歌のなかでは常にやさしく聞きなしている。

『源氏物語』「花散里《はなちるさと》」巻には、歌語「ほの語らひし」の先行例がみえる。

をち返りえぞ忍ばれぬほととぎすほの語らひし宿の垣根に

五月雨の晴れ間を出かけた源氏が、麗景殿《れいけいでん》の女御《にょうご》を訪ねて行く途中、むかしの恋を思い出し、中川の女に「あなたと語らったことがしのばれる」とよみかけた歌である。内親王の歌に、ほのかな恋の語らいのニュアンスが広がるように感じるのは、源氏の歌と遠く響き合うからであろうか。それとも、ほのかな恋心を抱くような経験があったのであろうか。

内親王が神山をよんだ歌をもう一首あげてみよう。

*神山のふもとになれしあふひ草ひきわかれても年ぞへにける

（千載集・夏・式子内親王）

『千載《せんざい》集』に所収されている回想歌である。38の歌と同じ神山を懐かしみ、過去となってしまった時間を振り返っている。「年ぞへにける」の深い感慨は、張りのある生活への愛着であると同時に、父帝が院政を敷き、母や弟姉妹が息災であった頃の充足した時代への郷愁であろうか。簡明な表現ながら、現在の空疎感をそことなく表現し、内親王の凜《りん》とした姿勢を感じさせる歌である。

内親王の心は、いつも斎院として過ごした時代に回帰していく。斎院をお

*神山の……神山の麓で馴れ親しんだ葵草、別れ別れになってからずいぶん年月がたったことである。

りた後の内親王には、いろいろのことがありすぎた。『千載集』成立までをみても、社会的には平家の台頭から滅亡、その波にまきこまれる身近な人々、弟以仁王《もちひとおう》の死、母や妹との別れなど。そうした年月を支えたのが、斎院として過ごした日々であったということであろう。

内親王の家集に多出するほととぎすの歌を、百首歌中から引いてみよう。

ほととぎすいまだ旅なる雲路より宿かれとてぞ植ゑし卯の花

（式子内親王・第一の百首）

春過ぎてまだほととぎす語らはぬけふのながめをとふ人もがな

（同・第二の百首）

ほととぎすなきつる雲をかたみにてやがてながむる有明の空

（同・正治百首）

一首目は、「宿にせよと思い植えた卯の花だよ」と旅の途中にあるほととぎすに呼びかけている。次は、「ほととぎすもまだ鳴かないから、さみしさを慰めに誰か来てほしい」と誘いかける歌。三首目は、鳴き声だけが聞こえ姿の見えないほととぎすを想って有明の空を眺める歌。二、三首目は共に『玉《ぎょく》葉《よう》集』に撰入される。夏が来るたび反芻《はんすう》され、胸に甦《よみがえ》るほととぎすの歌である。

39

今はわれ松の柱の杉の庵《いほ》に閉《と》づべきものを苔《こけ》深き袖

【出典】新古今和歌集・雑中・一六六五

今の私は、松の柱からなる杉葺《ぶ》きの庵に法衣の袖に身を包んで籠るべきであるのに……。

【詞書】百首歌たてまつりしに、山家の心を

「正治百首」山家《さんか》五首中の一首。

山家の歌には仏道修行に専念する場所、あるいは人の訪れないさびしい庵に住まう心をよむ例が多くみられる。

「松の柱」「杉の庵」ともに粗末な山家のイメージ。「苔深き袖」は「苔の衣」が僧侶、隠者などの衣の意から、法衣と解される。本来なら世俗を離れ、山の庵に閉じこもっているべきなのに、その生活に入りえない嘆きを、

「ものを」の詠嘆に込めている。

当時の出家者や隠遁者は、静かでさみしい山家に起き居することに憧れていた。その思いは、次のような歌からも想像できる。

　いつか我苔の袂に露置きて知らぬ山路の月を見るべき

（新古今集・雑中・家隆）

いつになったら自分は出家し、法衣を露の涙に濡らし、知らない山路の月をみることができるのであろうか、と出家したら自然とともにありたい願いが、清らかに述べられている。

式子内親王が出家したことは資料によりわかっている。ただ正確な年次までは確定されていない。後白河院が逝去した建久三年（一一九二）以前であるともいい、建久五年（一一九四）頃ともいう。出家しての法名は承如法《しょうにょほう》。道法法親王に十八道戒を授けられたこと、法然《ほうねん》に深く帰依《きえ》したことが知られており、建久八年（一一九七）頃には、しずかに祈りの日々を過ごしていたらしい。『源家長日記』は、春三月に見た大炊殿《おおいどの》の住居の様子を、「庭の花の香、持仏堂の香の香につつまれた心憎いばかりの住まい」と称《たた》え、「外を覗く人影もない屋内から、夕方になると鈴の声、鉦の声がしていた」と記している。

40

斧《をの》の柄《え》のくちし昔は遠けれど有りしにもあらぬ世をもふるかな

【出典】新古今和歌集・雑中・一六七二

仙人の碁《ご》を見ているうちに斧の柄が朽ちて、家に帰ってみたら後の時代になっていた、というのは遠い昔話であるが、私も、以前とはすっかり変わった世を過ごしていることだ。

「斧の柄のくちし昔」は、木を樵《こ》りに山に入った王質《おうしつ》が、仙人たちの碁を見ているうちに斧の柄《え》が朽《く》ち、家に帰ったら故郷の様子が一変していたという、中国晋《しん》代の故事による。この話の仙境は、父後白河院在世の仙洞《せんとう》御所を思わせ、あからさまでなく喩《たとえ》によって、身の回りが変動したことを述懐している。

情感を揺り戻すような物言いである「ありしにもあらぬ」は、小町に先例が

【詞書】後白河院かくれさせ給ひて後、百首歌に

＊中国晋代の故事—『述異記』などに見える「爛柯《らんか》の故事」を指す。「柯」は斧のこと。

あり、風は昔のままなのに今は袖に涙の露がおりている、と身の変化をよむ。

吹きむすぶ風は昔の秋ながらありしにもあらぬ袖の露かな　（小町集）

この40歌が入っている百首歌は現在伝わっていないが、詞書によると、歌の制作は後白河院の死（建久三年、一一九二、三月十三日）以後となる。それからどれくらい経過しての嘆きであろうか。斎院を降りた後、内親王は住居を転々とし、事件にも巻き込まれている。内親王といえども、不如意《ふにょい》なことに見舞われ、つらい思いをしたのであろう。絶大な権力と栄華を手にする帝王を父に持っていたことが、どれほど力になっていたか、亡くしてみて、改めて失ったものの大きさに気付いたのである。見守られ庇護されることなく、ずいぶん久しく世を生きてきたとの思いが、「世をもふるかな」という結句に収斂《しゅうれん》されている。

*故郷《ふるさと》は見しごともあらず斧の柄の朽ちしところぞ恋しかりける　（古今集・雑下・友則）

王質の故事を本説《ほんぜつ》にした歌は紀友則《きのとものり》にもあるが、内親王の歌が身につまされて訴えかけてくるのは、単なる比喩や本説取りによる技巧ではなく、現実の落差を実感した体験が背後にあるからである。

*故郷は……―故郷に昔の面影はない。斧の柄が朽ちるまでいた国が恋しい。

41

暁のゆふつけ鳥《どり》ぞあはれなるながき眠《ねぶ》りをおもふ枕に

【出典】新古今和歌集・雑下・一八一〇

――暁を告げる鶏の声がしみじみとして聞こえることだ。無《む》明《みょうじょうや》長夜の眠りから覚めないことを思っている枕元に。――

【詞書】百首歌に

「正治百首」の鳥題五首中の一首。五首は「ゆふつけ鳥」「鶴」「鴫《しぎ》」「鳰《にお》」「鶉《うずら》」で、五種類の鳥をよみ分けている。

「ゆふつけ鳥」は鶏の異名、現在でもなじみ深い鳥である。「正治百首」の他歌人の詠では鶴・雀・鴉《からす》が多くよまれ、鴫や鳰は数例、鶉は内親王が取りあげるのみである。「ゆふつけ鳥」は慈円《じえん》、静空、讃岐《さぬき》、信広が歌にしている。「木綿付《ゆうつ》け鳥」の由来は、世の中が騒がしい時、帝が鶏に木綿を付けて四の関でする祭があるという伝承から来ているという。ネーミングのおもしろさが歌に謎めいた印象を与えていることは確かで、「夕告げ」に通じるところがおもしろい。

それにしても、暁の鳥の音を「ながきねぶり」に続け、観念の世界に導く展開は意外性がある。「ながきねぶり」は無明長夜《むみようじようや》をあらわし、煩悩にとらわれた生活、迷妄の喩《ゆ》とされる。ことばに無理がない構成の歌であるが、内容はなかなか難解で、諸注の解釈には揺れがある。「ゆふつけ」と暁との関係はどうか。鶏が長夜の夢から覚めよと鳴くのか否か。長い眠りから覚めない嘆きなのか、など。

解釈の困難さはさておき、声調がおおどかで、不思議な気分にさせられる歌である。もの悲しくあわれなようであり、別世界に導かれていくようでもある。難しい教義をよみながら、日常の一端をとらえ、理屈っぽくなっていないところに好感が持てる。空の色がわずかに赤みを帯びる夜明け前、目覚めのうちに鶏の声を聞き、瞑想に耽る姿が想起され、イデア[*]の世界を感じさせる。

*イデアの世界―この世を超えた永遠不変の実在を想起させる世界。

42

暮るるまも待つべき世かはあだし野の末葉《すゑば》の露に嵐立つなり

【出典】新古今和歌集・雑下・一八四七

暮れるまでの短い間も待つことのできる世であろうか。いいえ、そうではない。あだし野の草木の葉先に置いている露に嵐が吹いてきたことだ。

【詞書】百首歌に

詞書の百首はいつのものか不明。

あだし野は京都嵯峨《さが》の奥の野。火葬場のあったところから、無常を感じさせる野としてとりあげられている。「暮るるま」は、夕べから日の暮れるまでのわずかな時間を指す。

日が落ちて夜の闇がまもなく訪れようとしている。ほのかに暮れ残るあだし野の草木の葉先には、白く透明な露の玉が置いている。露は嵐がたてばたちまち葉先から落ちてしまうであろう。シルエットのように暗い背景に、玉の露がわずかな光を宿している光景が浮かんでくる。露が落ちる一瞬前をとらえ、命ははかないもの、無常なものであることを、うら寂《さ》びたあだし野の風景に表象させている。

「かは」は反語であるが、その前後に「暮るるま」「待つべき」の「ま」音、「あだし野」「嵐」の「あ」音が長短の間隔で繰り返され、不安定なリズムをつくっている。また、「あらし立つなり」の強い表現が重たく迫ってきて、暗く不安な心理を誘い出す。読後にひろがる感覚に独特のものがあり、骨格の太い歌である。

参考として同じあだし野の末葉をよんだ西行の次の一首をあげておこう。

*誰《たれ》とてもとまるべきかはあだし野の草の葉ごとにすがる白露

（続古今集・哀傷・西行）

類似した発想であるが、西行の歌が静であるとすれば、内親王の歌は動をはらむ歌といえるであろう。

はかない表情を持つ「あだし野」にしても、葛《くず》の生い茂る「真葛原《まくずがはら》」にしても、中世の風景は当時の精神世界を暗示し厳しいものがある。

*誰とても……―だれの命も止まるのであろうか、いや、とどまりはしない。あだし野の草の葉ごとに露が置いている。

43

日に千度《ちたび》心は谷になげはててあるにもあらずすぐる我が身は

【出典】式子内親王集・第一の百首・雑・九三

一日に数え切れないほど心を谷に投げ落とし、自分が自分であるのかどうかわからないような日を過ごしていることである。

とてつもなく悲しい現実に直面した時、人はこうした思いになるのであろうか。生きていくにはあまりにも辛いが、そうかといって現実を逃れることもできない。日に何度も何度も心を谷底に突き落とし、目の前の現実を否定しようとする。けれども心はすぐ元に戻り、苦しさに襲われる。繰り返しの果て、心と身体が分離し、ただ茫然自失《ぼうぜんじしつ》の状態で生きている。

この一首に引き続く数首は、辛く悲しい歌ばかりが並んでいる。

恨むとも嘆くとも世のおぼえぬになみだなれたる袖の上かな

（式子内親王集・第一の百首）

見しことも見ぬ行く末もかりそめのまくらにうかぶまぼろしのうち

（同）

前者は世を恨むのでも嘆くのでもないが、どうしようもなく涙が流れ、そのことになれてしまった袖であることよの意、後者は過去も未来もこの世のことは幻の中の意である。「恨むとも嘆くとも」「見しことも見ぬ行く末も」にみられる対句《ついく》的表現は、掲出歌同様に、正常な精神にどうにか踏みとどまろうとする心と、なるがままに任せる心の葛藤が交錯する複雑な心情を伝えているようだ。脚色なのか、述懐なのか判断しかねる連作であるが、作歌当時、作者が暗澹《あんたん》たる思いでいたことが推し量られ、深い哀しみを覚える。背景にただならぬ出来事が起こったことを感じさせる。

『式子内親王集』のところどころに、身の不遇を感じさせるもの、身辺の変化を感じさせるものがよみこまれている。詞書と歌からして作者の日常が推察されるような生活的色彩の濃い歌が散見することは、作者の実像を知る手がかりとして、看過《かんか》できない資料となるのではなかろうか。

44

さりともと頼む心は神さびて久しくなりぬ賀茂《かも》の瑞垣《みづがき》

【出典】千載和歌集・神祇・一二七二

それでもよいことがあろうかと、神のご加護を頼みにする心は年を経て神々しくなった。賀茂の瑞垣の中で。

【詞書】百首歌の中に、神祇歌とてよみ給ひける

百首歌の中で神祇《じんぎ》をよんだ歌。神祇歌は天神と地祇に対する信仰をよむもので、儀式や参詣の際にもよまれる。『千載集』ではじめて独立した部立《ぶだて》となった。賀茂の社は賀茂別雷《かものわけいかずち》神社（上賀茂神社）と賀茂御祖《かものみおや》神社（下鴨神社）の総称で、「賀茂の瑞垣」は神社の垣根を指す。葵とともによまれることが圧倒的に多い。垣根に枯れた「葵」と「逢う日」を掛けた、

枯れにける葵のみこそかなしけれあはれと見ずや賀茂の瑞垣

（新古今集・恋四・読人しらず）

という恋歌は、その例である。

斎院としての生活は、神にもろもろの平安を祈ることに尽きる。しかしながら、現実は厳しく、そうそう願いを叶えてくれるわけではない。そうであっても一心に祈ることを怠ることはできない。祈り続ける心の継続から、神々しさも生まれる。その心の持ちようをよんでいるのであろう。「瑞垣」は「久し」にもかかるから、心も瑞垣もどちらも、時を経たことを意味している。賀茂は作者の生活の場である。神社の周辺をめぐらせた瑞垣をよんで、若い内親王のみずみずしい感覚を印象づけている。

同じ『千載集』に、法文《ほうもん》をうたった内親王の歌、

　＊ふるさとをひとり別るる夕べにも送るは月のかげとこそ聞け

がある。式子内親王といえば、恋の歌がとりあげられることが多いが、ここにあげた歌からもうかがえるように、神祇・釈教といった分野においても、ゆたかな感性の歌を創出している。初期作品の研究は、まだまだの段階である。文治三年（一一八七）以前の作品が載る『千載集』の検証がもっとあってもいいのではなかろうか。

＊ふるさとを……—故郷に別れひとりで旅立っていく夕べにも、送ってくれるのは月の光だと聞いている。

45

静かなる暁《あかつき》ごとに見わたせばまだ深き夜の夢ぞかなしき

【出典】新古今和歌集・釈教・一九六九

毎日、静かな暁に世界を見渡すと、衆生がまだ深い夜の夢を見つづけている。悲しいことである。

【詞書】百首歌の中に、毎日晨朝《じんちよう》入諸定の心を
〈毎朝の勤行で静寂の境に入る心を〉。

釈教《しやつきよう》歌は経典や教理、あるいは仏事や無常観など、広く仏教に関する歌をよんだものを指す。『千載集』に続き『新古今集』は独立した部立を持っているが、これは僧侶歌人が台頭し、歌合、歌会などに法華《ほけ》経や維摩《ゆいま》経などの経文が題として取りあげられたことと関係し、多分に時代を反映した性格を有している。

この一首は『延命地蔵経《えんめいじぞうきよう》』の経文句《きようもんく》が題である。地蔵菩薩《ぼさつ》は末法思想が

盛んになる平安時代より信奉され、救済を求める人たちに尊崇《そんすう》された。上句「静かなる暁ごとに見わたせば」に、毎日の朝の勤行《ごんぎょう》で心を統一し、世界を大観する意をあらわし、下句「まだ深き夜の夢ぞかなしき」に、衆生《しゅじょう》が無明長夜の深い闇の中に沈み、迷妄の夢から覚めないことを悲しむ菩薩の心をよみこんでいる。「かなしき」は地蔵菩薩の立場にたっての言いであるが、同時に作者の心情を語ることばでもあろう。

　堅苦しい説明はいらない。この歌は経文句の句意を解説する本来の釈教歌からすっかり離れてしまっているのだから。思うに、経文の内容を自身の嘆きとして作品に投入し、釈教歌を突き抜けてしまった歌は、暁闇《ぎょうあん》の夢から覚めた深い哀感をもって、われわれの前に屹立《きつりつ》しているだけで十分である。

　内親土は「鳥」題においても前掲41に無明長夜をよみ、ながい眠りのうちにいる自分を認識している。ここでも苦悩の深さを自覚し、迷いの中にいる自分を地蔵菩薩の目を通して描こうとする。暁はまもなく夢から覚め、夜明けを暗示するものと受け取ることが出来るが、現実とも夢とも知れない感覚に悲哀が滲んでいる。経文句から解き放しても美しい述懐である。今の私たちにこれだけの苦悩に耐える精神的な力強さがあるであろうか。

歌人略伝

式子内親王は久安《きゅうあん》五年（一一四九）、後白河天皇の皇女として誕生する。母は藤原季成女《すえなりじょ》、成《しげ》子《こ》。同腹に亮子内親王、好子内親王、守覚法親王、以仁王《もちひとおう》、休子内親王がいる。高倉宮、萱《かやの》斎院、大炊御門《おおいのみかど》斎院などと呼ばれた。平治《へいじ》元年（一一五九）、第三十一代の賀茂斎院に卜定《ぼくじょう》され、嘉応元年（一一六九）病のため退下するまで、十一年間を神に奉仕の生活を送る。

退下後の動静は不明な点が多い。数多い姉弟妹がありながら姉・母・弟以仁王と早くに死別し、その後父院・妹の逝去と別れが重なる。結婚をすることなく過ごす日々は、斎院時代の思い出のなかに生きたといってもいい。孤独を和歌に支えられての生涯で、恋歌にすぐれ、当代女流の第一人者となる。治承《じしょう》五年（一一八一）正月には、定家がはじめて内親王を訪ねた記事を『明月記』に記している。文治《ぶんじ》三年（一一八七）成立の『千載集』に九首が入集。これが勅撰集初出となる。建久八年（一一九七）、歌を師事した俊成は『古来風体抄』を内親王に進覧。建久年間に呪詛・妖言事件に二度も巻き込まれ、洛外追放の処分をされそうになったこともある。「正治二年後鳥羽院初度百首」に出詠、何度も転居した後、最晩年になって落ち着いた大炊殿において逝去。建仁《けんにん》元年（一二〇一）一月二十五日、五十三歳であった。

没後に成った『新古今集』には、四十九首が入集し、その歌風は後鳥羽院が「斎院は、殊にもみもみとあるやうに詠《よ》まれき。」（『後鳥羽院御口伝』）と評する。出家後の法名を承如《しょうにょ》法《ほう》といい、法然《ほうねん》に帰依したとされる。家集『式子内親王集』がある。

略年譜

年号	西暦	年齢	式子内親王の事跡	歴史事跡
久安五年	一一四九	1	誕生（後白河天皇第三皇女）	
保元元年	一一五六	8		保元の乱
三年	一一五八	10		後白河院政開始
平治元年	一一五九	11	第三十一代賀茂斎院に卜定	平治の乱
嘉応元年	一一六九	21	病により斎院退下	後白河院出家
承安元年	一一七一	23		妹、休子内親王没
治承元年	一一七七	29		母、成子没
四年	一一八〇	32		弟、以仁王挙兵
五年	一一八一	33	定家、式子に初参	
文治元年	一一八五	37	準三宮宣下	平家滅亡
三年	一一八七	39	『千載集』九首入集	
建久元年	一一九〇	42	八条殿呪詛事件	
三年	一一九二	44		後白河院没。鎌倉幕府開く。姉、好子内親王

没

四年　一一九三　45　六百番歌合

五年　一一九四　46　道法法親王より十八道の戒を受ける

七年　一一九六　48　橘兼仲事件に関与の疑い

八年　一一九七　49　俊成『古来風体抄』を進覧

正治二年　一二〇〇　52　「正治二年後鳥羽院初度百首」に進詠

建仁元年　一二〇一　53　逝去

元久二年　一二〇五　『新古今集』四十九首入集

解説　「斎院の思い出を胸に　式子内親王」——平井啓子

時代背景

式子内親王五十三年の生涯のうち、前半は、保元《ほうげん》・平治《へいじ》の乱を経て、武門平家が全盛を極め、壇《だん》ノ浦に滅亡するまでと重なり、晩年の十年ばかりは、平家に替わった源氏が鎌倉に幕府を開き、武家社会の体制を築き上げていく時期と、時を同じくする。両者の狭間にあって、それまで政治の中心にいた天皇家は、なんとか権力を取り返そうと試みるが、時代の趨勢にあらがうことはできず、次第に実権を失っていく。そうした社会を背景に、式子内親王は登極《とうきょく》前の後白河の第三皇女として誕生し、家運が女性の幸不幸に直結する世を、静かに深く眺め尽くす。

斎院時代

内親王が賀茂神社の斎院に卜定《ぼくじょう》されたのは、平治元年（一一五九）の秋のことである。これに先立つ保元年間には、同腹の姉二人が相次いで斎宮に任じられていることから、内親王の斎院宣下《せんげ》は自明のことであったものと思われる。神事に専念する生活は十一年間に及ぶが、在任中のことについての詳細はほとんどわかっていない。ただ、斎院の女房と廷臣の女房との間に交わされた贈答歌が『新古今集』や『建礼門院右京大夫集』などにあり、生活の断片を知ることができる。自身のことに関しては、退下直後に志賀唐崎に祓《はら》えを終えた折の、双林寺の御子《みこ》（叔母）からの見舞い文に対する返歌が残っている。

斎院時代は十代から二十代初めにあたるが、初夏の野にくりひろげられる賀茂祭の神事は、生涯忘れがたいものとして、感受性の強い内親王の心に深く刻まれることとなった。

忘れめや葵を草にひきむすび仮寝の野辺の露のあけぼの

ほととぎすその神山の旅枕ほの語らひし空ぞわすれぬ

これは回想の歌であるが、きりりとした物言い、緊張感ある声調は、穢《けが》れを知らず、甘やかで夢みがちな内親王の姿を思い起こさせる力がある。

歌風の形成

内親王の和歌への道は、おそらく、消息に添えられる贈答歌などにおいて、はじまっていたものと思われる。皇女のたしなみとして、古典和歌や草子類も、かなり早くから目にしていたであろう。いつ頃から俊成に和歌を師事したかは定かではないが、俊成一家との関係は深く、俊成の女《むすめ》二人が女房として仕え、治承五年（一一八一）には、青年定家も俊成に連れられ内親王の御所に参っている。

文治三年（一一八七）、俊成は『千載集』を撰進する。集中には内親王歌九首が収められているが、これは俊成が内親王を当代第一の女流歌人として認めたものである。

ながむれば思ひやるべきかたぞなき春のかぎりのゆふぐれの空

草も木も秋の末葉は見えゆくに月こそ色もかはらざりけれ

はかなしや枕さだめぬうたたねにほのかにまよふ夢の通ひ路

一首目にみる下句の凝縮した表現、二首目の自然を見る覚めた眼差し、最終歌の初句切れと恋のテーマ、いずれも作者独特の表現である。これらの歌には、後のちまでの主題となる、「春の物思い」「秋の月」「うたた寝の夢」が詠じられ、同一テーマを何度も繰り返し、自身のものにする道程がここにはじまっている。

『千載集』に存在感を示した内親王の歌は、『千載集』以後から建久五年（一一九四）までの間によまれたと思われる、二種の百首歌になって、さらなる進展をみせる。『式子内親王集』に収められているそれらの歌は、修学した古典和歌や物語、漢詩をたくみに活用し、表現の幅を広げている。「前小斎院御百首」と称される第一の百首の、

はかなくてすぎにしかたをかぞふれば花に物思ふ春ぞへにける

たれもみよ吉野の山の嶺つづき雲ぞさくらよ花ぞ白雪

には、『古今集』の見立ての技法がうかがえる。

恋ひ恋ひてよしみよ世にもあるべしといひしにあらず君も聞くらん

を読めば、『万葉集』の女流歌人、大伴《おおともの》坂上《さかのうえの》郎女《いらつめ》の歌を思い出すであろう。『白氏《はくし》文集《ぶんしゅう》』の詩に詠じられる不幸な宮女に心を寄せた作品もある。

山ふかくやがてとぢにし松の戸にただ有明の月やもりけん

秋の夜のしづかにくらきまどの雨うちなげかれてひましらむなり

『源氏物語』との関係では、

ましばつむ宇治の川舟よせわびぬさをのしづくもかつ氷りつつ

とけてねぬ夜半のまくらをおのづから氷にむすぶをしぞこととふ

があげられる。「橋姫《はしひめ》」巻において、宇治の大君と薫が語らいながら憂愁を深める場面と、「朝顔《あさがお》」巻の一段にみえる、紫の上が源氏に対し齟齬を感じる場面を取りあげたものである。冬の情景と人物の心情がほどよく調和した作品である。

『伊勢物語』の歌に想を得た作品も生まれている。

秋風を雁にやつぐる夕暮の雲ちかきまでゆく蛍かな

四五段の、蛍がたかく飛びあがるのを男が見てよんだ歌を本歌とした一首で、平明な叙景に『玉葉集』『風雅集』への流れがみてとれる。

内親王の歌の研鑽《けんさん》は、互いに批評を交える歌合の場などではなく、俊成の教えと古典世界のかかわりによってなされていた。騒然とする社会、病気がちの身体、孤独な日常など、歌をよむための環境はなにひとつ整っていないが、向上心は途切れることなく続き、内親王最後の百首となる「正治百首」では、それまでの精進を思わせる高く抜きんでた作品が出来あがる。この百首から二十五首が『新古今集』に撰ばれる。詠進前の歌稿に接した定家が、日記に「神妙」と記すほどの歌境であった。

かへりこぬ昔をいまとおもひねの夢の枕ににほふ橘

秋の色はまがきにうとくなりゆけど手枕なるるねやの月かげ

流麗な声調に優艶な風姿、繊細かつしみじみとした情感、存在の根源まで届くかと思われる悲しみの深さを湛えた、すぐれた抒情世界である。

『新古今集』には出典不明の歌が多い。散逸した作品の多さを示すもので、その意味は大きいものがあるが、ここでは触れない。

玉の緒よ絶えなば絶えねながらへば忍ぶることの弱りもぞする

忘れてはうちなげかるる夕べかなわれのみしりてすぐる月日を

この二首は、制作時期はわからないが、「忍恋の歌人」の名の由来になった歌である。恋歌のなかでも、特にすぐれた感性をしめした忍恋の歌は、忍ぶる心の強さと弱さを引き出し、題詠でありながら題詠らしからぬ実感を備えている。それゆえに、後年の憶測を呼ぶことにもなる。内親王の歌は、ひっそりと詠じたかにみえるが、実は、俊成の教えを通して、新古今を代表する歌人、西行・寂蓮・慈円、若い世代の定家・良経・俊成卿女といった人々と深くつながっているのである。

生活と信仰

斎院を退いた後の内親王は、歌のほかにも琴を弾き、絵を描き、香をたしなんでいた。文雅な風情の住まいの様子は、『源家長日記』の記述に知られる。

ひととせ、弥生の二十日頃に御鞠《おんまり》遊ばさせ給ふとてにはかに御幸《みゆき》侍りしに、庭の花、跡もなきまで積もれるに、松にかかれる藤、籬の内の山吹、心もとなげに所々咲きて、名《みやう》香《かう》の香《か》の花の匂ひに争ひたるさま、御持仏堂《だう》の香《かう》の香も劣らず匂ひ出て、世をそむける住みかは、かばかりにてこそは住みなさめと、心にくく見え侍りき。もの古りたる軒に、忍ぶ、忘れ草、緑深く茂りて、新しく飾れるよりも中々にぞ見え侍りし。御鞠はじまりて、人がちなる庭のけしきを、さこそはあれ、人影のうちして、ここかしこの立《たて》蔀《じとみ》にたちかかり覗く人も見えず。人のするかとだに覚えで、日の暮るるほどに奥深く鈴の声して打ち鳴らしたる鉦《かね》の声も、心細く尊かりき。

後鳥羽院が内親王の住まいである大炊殿に蹴鞠《けまり》をした時の様子である。庭には桜が散り敷き、御簾《みす》の内から名香の香と花の匂い、持仏堂から仏前に焚く香の香りがして奥ゆかしいこと、蹴鞠がはじまっても覗く人がいないこと、日が暮れる頃には奥深くから鈴の音がし、仏前の鉦《かね》の音もしめやかで尊いことが描かれている。気高い生活が偲《しの》ばれよう。

内親王は呪詛《じゅそ》事件の起きた後、出家したと考えられている。晩年は貴族の間にも浸透しつつあった浄土教に帰依し、信仰に専念していたようである。法然からの長い手紙「正如房へつかはす御文」も残っていて、「念仏専修に入って長い年月を過ごしてきたのだから、ただひとすじに南無阿弥陀仏を唱えれば、仏の力で必ず極楽往生できる。往生をゆめゆめ疑うことはない」と、内親王を励ましている。

後世の評価と享受

式子内親王歌は『新古今集』以後の勅撰集に、百五十七首収められている。全勅撰集に欠けることなく入集し、時代をわたって浸透しているのであるが、なかでも注目すべきは、歌を理解し評価した定家撰『新勅撰集』、忍恋の歌を多数撰入した為家撰『続後撰集』、内親王の自然詠の継承がみられる『玉葉集』『風雅集』であろう。

室町時代に入ると、歌は芸能の分野に享受され、まったく違った形で内親王の伝説を作る。今日に伝わる謡曲「定家」がそれで、あらすじは、遂げられぬ恋の妄執から定家の魂が葛となって、内親王の墓にまといついたという話である。内親王は数多くいても、フィクションの対象となる方は式子内親王をおいてない。人間的魅力があったゆえの虚像であろう。

江戸期には、定家『百人一首』がカルタとなった。「たまのをよ」の絶唱は、読みあげる声によって、一般家庭の子女の耳から耳に伝わっていく。

和泉式部、式子内親王、永福門院と続く女流の系譜は、近代の与謝野晶子に引き継がれる。歌風に理解を示すのは近世では本居宣長、近現代では萩原朔太郎をあげておこう。

読書案内

『式子内親王全歌集―改訂版―』　錦仁編　桜楓社　昭和六十三年
　現在知りうる式子内親王のすべての歌が収録されている。頭注が充実。
『式子内親王集／俊成卿女集／建礼門院右京大夫集／艶詞』（和歌文学大系23）　石川泰水校注　明治書院　平成十三年
　最新の式子内親王集。同時代の三女流の歌風の違いを見るのに便利。

○

『式子内親王全歌注釈』　小田剛　和泉書院　平成七年
　全体にわたる注釈書として最初のもの。
『式子内親王集全釈』（私家集全釈叢書28）　奥野陽子　平成十三年　風間書房
　歌語の用例を多数引用し、丁寧な解釈を試みる注釈書。

○

『式子内親王』（ちくま学芸文庫）　馬場あき子　筑摩書房　平成四年
　紀伊國屋新書の一冊が文庫化されたもの。式子内親王の周辺の考察と歌風の特色を論じる、すぐれた内親王論。講談社学術文庫にも再録されている。
『式子内親王・永福門院』（日本詩人選14）　竹西寛子　筑摩書房　昭和四十七年
　内親王の歌風に深くするどく迫った好著。

『式子内親王の歌風』　平井啓子　翰林書房　平成十八年
歌風と古典世界との関わりを論じ、新古今とそれ以後の勅撰集における位置付けを試みた論。

○

『新古今和歌集』　久保田淳　角川文庫　平成十九年
『新古今和歌集全評釈』を著書にもつ作者のコンパクトな評釈。
『新古今和歌集』（日本古典文学全集26）　峯村文人　小学館　昭和五十一年
頭注に語釈、脚注に現代語訳があり、分かりやすい。

○

『内親王ものがたり』　岩佐美代子　平成十五年
歴代の内親王の生涯を、語りかけるような口調でやさしく解説する。

【付録エッセイ】

花を見送る非力者の哀しみ（抄）
——作歌態度としての〈詠《なが》め〉の姿勢

『馬場あき子全集』第五巻（三一書房　一九九六年）

馬場あき子

式子が後白河より伝領して晩年を過した大炊御門殿には巨大な八重桜の古木があった。この豪華な桜は大炊御門の春を象徴するものであったらしく、この邸宅の使用者によってたびたび歌に詠まれている。式子はこの桜に添えて、前の住者京極摂政良経と、三宮惟明親王のもとへ歌を贈っている。

（中略）

また『家長日記』にも大炊御門の春は、花々が跡もなきまでに庭を散り埋めていたとかかれている。大炊殿はどうやら春の風情にその特色をもたせた御殿であったようだ。中でも人目をひく八重桜の巨木は過ぎゆく春の名残を人々の心ふかく印象づけるものであったらしい。さらに『明月記』建久九年二月二十四日には、「今日請斎院桜木栽此宅」の記事がみえる。当時斎院は空位で、前斎院範子親王は立后した後であるから、ここに斎院桜木と書かれたのは式子斎院であると考えられる。大炊殿の桜はこのように名木として存在し、代々の居住者の詠歎の対象となりつつ、政治的過渡期の歴史を生きたということができる。そして、式子の春の歌の特色の一つは、その庭前の八重桜の重たげな重なりのように、幾重にも重なった深い鬱情をその華麗のかげに持っていることであり、それがさまざまな矛盾を混在させたままの心情を伝えて悩ましい情緒を醸している。

（中略）

式子の晩年の百首には、したがってこの大炊の桜の豪華な眺めがまちがいなくテーマとなってくるわけで、それかあらぬか式子の春の歌はいよいよ艶麗を深めてゆく。

今桜咲きぬと見えて薄曇り春に霞める世のけしきかな　…（正治二年百首）
夢の内も移ろふ花に風ふけばしづ心なき春のうたたね
花は散りてその色となく詠むればむなしき空に春雨ぞふる
八重にほふ軒端の桜うつろひぬ風よりさきにとふ人もがな　…（新古今集）
ふるさとの春を忘れぬ八重桜これや見し世にかはらざるらむ　…（続後撰集）

最初の一首「今桜咲きぬと見えて薄曇り」は、『源氏物語』「椎本」の、「はるばるとかすみわたれる空に、散る桜あれば、今ひらけそむるなど、いろいろみわたさるるに」の一文が想起されるものである。高揚した初句から二句へかけての緊迫した調子が、三句以下の靄々《あいあい》たる煙霞の中に溶け込んでゆくあたり、「わが世」のものならぬ物憂い春を抱く式子の心情を哀れににじませている。落飾後の、いっそう侘しい生活の中で、「春に霞める世のけしきかな」という詠歎は、決して晴れやかな心情をあらわしたものではなかったであろう。

御まりはじまりて、人がちなる庭のけしきを、さこそはあれ、人かげのうちして、ここかしこのたてしとみにたちかかりのぞく人も見えず。人のするかどだにおぼえで、日のくるるほどにおくふかく鈴のこゑして、打ちならしたるかねのこゑも心ほそくたうとかりき。……（家長日記）

という式子の晩年の物づつみは徹底したもので、御所の女房のはしばしにまでゆきとどいていたものとみえる。ふしだらなのぞき見をする女房の一人とてなく、人住む門とも思われぬひそやかさの中に、日暮れ「おくふかく鈴のこゑして」、「心ほそくたうと」きかねの声がきこえたという。そのような日常の中での〈詠め〉――物おもい――として、さらに次の一首「しづ心なき春のうたたね」の歌をよむことは、いっそうの悲哀を感ぜずにはいられない。

「夢の内も移ろふ花に風ふけば」という詠歎は、単なる文芸的な流行に投じた審美感に発するものではない。『家長日記』にかかれたような、閑寂をいのちとする式子の晩年の心中に去来したものは、落花しきりなる抒情に喩托しながら、実は意外に激しいものがあったかもしれないのである。夢のうちにもたえず散り移ろう桜花、その花々の命の終焉をいそがせるかのように、さらに吹きそう風。それによって「しづ心」ないのは、うたたねの夢のこととしてしかうたわなかった式子の現実そのものへの詠歎であったといえよう。

（中略）

花は散りてその色となく詠むればむなしき空に春雨ぞふる

この一首には、式子がみきわめたものの終局の思いが流れており、式子は春の終りをみつめると共に、一つの時代の終焉をもしみじみと感じていたような歌である。そして、それは、式子自身の、五十年にわたる人生への結論でもあるといえる。「花は散りて」という字余りの初句には、粘着力のある〈艶な怨み〉がこもっており、未婚のままの人生のはてをさびしむような声調を感じさせる。全く、広々とはてしない無表情な空から、限りもなく煙りつつ降ってくる春雨を、みるともなくみつめつづける老いたる内親王の姿には、客観的にも生ける骸の感慨がにじんでいたかもしれない。ただ、このような晩春の感懐は〈詠め〉の用語の量と共に、式子の歌の決定的な様相として、特に老年をまたずとも、初期百首のころからすでにあらわれていた特色である。

はかなくて過ぎにし方を数ふれば花に物思ふ春ぞ経にける　…（前小斎院御百首）
ながむれば思ひやるべきかたぞなき春のかぎりの夕暮の空　…（千載集）

この二十代の若い詠歎は、みずみずしく、かつ悩ましげではあるが、流麗な声調の哀感の方がまさっているような一面がある。だが式子の場合、この浪漫的な物思いのかげが、青春と共に消え去るという底の浅いものではなく、年と共に声調の上にも深い苦悩をたたえ、重い鬱情を加えてゆくのが特色である。

帰るかり過ぎぬる空に雲消えていかにながめむ春の行くかた　…（建久五年百首）

そして、この四十代の作品にみる抒情の重さは、「思ひやるべきかたぞなき」「はかなくて過ぎにし方を」と、感傷的・自愛的になっていた二十代の日から、約二十年近い年月の重みを加えて、表面的な美しさは極度に消され、さながら喪の歌のような鬱をたたえているが、心の艶《えん》のかがやきだけは、消すべくもなくしっとりとしみわたっているのを感ずるであろう。

いま述べてきた歌には、共通して〈詠め〉という語が用いられている。〈詠め〉は式子の美意識の拠点であったと共に、強固な作歌上の姿勢であり、対象に一定の距離を保つことを条件としている。それは婉曲な拒否の姿勢とも受け取れるが、断絶を求めているのではない。そのしみじみと見つめる物思いの中には、自己をも肯定せず、見ている現実をも肯定できない式子のかなしみがあるように思う。式子もまた時代の人として若い日から仏教に関心を寄せたが、このような対象への〈詠め〉の姿勢は、ちょうど中有の世界に迷うような、あてどない孤独なものであったようだ。この背景をなすものとしては、当然、鎌倉への過渡的な時代にスポイルされ、浮上ってしまった貴族一般の立場と共通なものがあるであろうが、もう一つは式子が女性としての盛りの時期をこのような時期に重ねたことにも原因がある。それは、時間的な経過に対する過敏すぎるくらいの神経となって歌の上にもあらわれており、ことに〈詠め〉の語は春秋の歌に多くみられる。若き日の式子は、ことに未婚の内親王の実感をこめて、徒らにすぎてゆく月日をかなしんでいる。

春くれば心もとけて泡雪のあはれふり行く身を知らぬかな

「春くれば心もとけて」という、明るい健康な充足感をうけて、「泡雪のあはれふり行く」と急転わが身にかえらしめつつ、過ぎゆく若さをいたましく嚙みしめている技巧は調べの上からもまた美しい。春を迎えるよろこびと、古りゆく身のかなしみ、それはテーマとしてはむしろ常識的なものである。しかし、二十歳に恐らくみちてはいなかったであろう式子の詠歎として読むと、そこには自ずからちがった味わいが浮ぶ。古りゆく身を、消えやすい泡雪のはかない白さをもって飾った修辞は、いかにも若い耽美性を感じさせるが、「神山のふもとになれし葵草（逢ふ日ぐさ）引き分れても年ぞ経にける」と歌った日々と同じ時間の中で歌われていることを考えてみたい。「あはれふり行く身を知らぬかな」と、やや腰くだけに弱まってゆく声調の中に、装飾的存在を終った前斎院の無力にひとしいかなしみが、かすかな呟きとしてただよっているのを感ずるであろう。それは、「はかなくて過ぎにし方を数ふれば花に物思ふ春ぞ経にける」にこめられた思いと同質なものであり、その過去を「はかなくて」と総括してみせたことも、徒らな感傷としてではなく、式子の場合は実感として受け止め得る履歴を背負っていたといえる。

徒らにすぎゆく年月への哀惜は、建久五年百首のころ（四十一、二歳）になると、「むなしき空」への認識となり、「ゆくへもしらぬ」ものへの詠歎や追懐となってゆく。

霞とも花ともいはじ春の色むなしき空にまづしるきかな

にほひをば衣にとめつ梅の花ゆくへも知らぬ春風のいろ

帰るかり過ぎぬる空に雲消えていかにながめむ春の行くかた

茫漠とひろがるむなしい空が視野にあるほかは、うたかたのように生まれ消えたことどものすべては捉えがたいことであったとし、忘却のかなたへ押しやりたいと思うのは、式子の老いのきざしであろうか。さらに、正治二年百首（四十七、八歳）では、

花は散りてその色となく詠むればむなしき空に春雨ぞふる

水茎の跡もとまらず見ゆるかな波と雲とに消ゆる雁がね

とうたわれて、その春のゆくえは追うべくもなく空しく暗い。正治二年百首の春の歌から特色的な語彙をひろうと、「春とも知らぬ松の戸」「枕にきゆるうたた寝の夢」「軒端の梅よ我れを忘るな」「夢の内も移ろふ花」「むなしき空に春雨ぞ降る」「波と雲とに消ゆる雁がね」等々、その心情の侘しさがにじんでいる。しかし、式子はなお、それでもみつめつづけ、徹

底して〈見る人〉となりきったのであった。

式子における〈詠め〉の姿勢は、そうした見る人としての、頑なな非力への固執でもあった。それは「紅旗征戎非吾事」という、動揺を秘めた定家の決意より粘り強く一貫しており、しかも、定家以上に頑固な拒否の姿勢であったと思う。そして同時にそれは、「木曾と申す武士死に侍りけりな」という西行の突きはなした認識ともちがう。式子の〈詠め〉が、〈孤独な艶〉にかがよい「もみもみとあるやうに」見えたのは、〈詠め〉ることにとどまらざるを得なかった非力の怨みが纏綿として底流するからではあるまいか。ことに、におやかな春の日のかがよいの中においてそれは哀切であり、美しくもある。

最後に、春の盛りをさながらにとどめてでもおこうとするような華麗な歌をあげておこう。父後白河の血は、式子に華麗を好ませたにちがいない。式子はその場を得なかったのであり、それが春を怨みのかたちで詠うのに特色をなさしめたのであろう。

誰も見よ吉野の山の峰つづき雲ぞ桜よ花ぞしら雲　…（前小斎院御百首）
この世には忘れぬ春のおもかげよ朧月夜の花の光に　…（建久五年百首）
花をまつ面影見ゆるあけぼのは四方のこずゑにかをる白雲　…（続千載集）

平井啓子（ひらい・けいこ）
＊1947年岡山生。
＊ノートルダム清心女子大学大学院文学研究科博士後期課程修了。
博士（文学）
＊主要著書・論文
『式子内親王の歌風』（翰林書房）
「ノートルダム清心女子大学附属図書館蔵『後水尾院御集』紹介」
（『清心語文』第3号）
「黒川真頼頭注『新勅撰和歌集抄』（弄花軒祖能）―〈翻字〉」
（『清心語文』第7号）

式《しよく》子《し》内《ない》親《しん》王《のう》　コレクション日本歌人選　010

2011年4月25日　初版第1刷発行
2020年3月10日　再版第2刷発行

著者　平井啓子
監修　和歌文学会

装幀　芦澤泰偉
発行者　池田圭子
発行所　有限会社　笠間書院
東京都千代田区神田猿楽町2-2-3［〒101-0064］
NDC分類 911.08　電話 03-3295-1331　FAX 03-3294-0996

ISBN978-4-305-70610-2 印刷／製本：シナノ
　（本文用紙：中性紙使用）
出版目録は上記住所または info@kasamashoin.co.jp まで。

コレクション日本歌人選 第Ⅰ期〜第Ⅲ期 全60冊完結！

第Ⅰ期 20冊　2011年（平23）2月配本開始

№	書名	読み	著者
1	柿本人麻呂	かきのもとのひとまろ	高松寿夫
2	山上憶良	やまのうえのおくら	辰巳正明
3	小野小町	おののこまち	大塚英子
4	在原業平	ありわらのなりひら	中野方子
5	紀貫之	きのつらゆき	田中登
6	和泉式部	いずみしきぶ	高木和子
7	清少納言	せいしょうなごん	圷美奈子
8	源氏物語の和歌	げんじものがたりのわか	高野晴代
9	相模	さがみ	武田早苗
10	式子内親王	しょくし（しきし）ないしんのう	平井啓子
11	藤原定家	ふじわらていか（さだいえ）	村尾誠一
12	伏見院	ふしみいん	阿尾あすか
13	兼好法師	けんこうほうし	丸山陽子
14	戦国武将の和歌		綿抜豊昭
15	良寛	りょうかん	佐々木隆
16	香川景樹	かがわかげき	岡本聡
17	北原白秋	きたはらはくしゅう	國生雅子
18	斎藤茂吉	さいとうもきち	小倉真理子
19	塚本邦雄	つかもとくにお	島内景二
20	辞世の歌		松村雄二

第Ⅱ期 20冊　2011年（平23）10月配本開始

№	書名	読み	著者
21	額田王と初期万葉歌人	ぬかたのおおきみとしょきまんようかじん	梶川信行
22	東歌・防人歌	あずまうた・さきもりうた	近藤信義
23	伊勢	いせ	中島輝賢
24	忠岑と躬恒	みぶのただみねとおおしこうちのみつね	青木太朗
25	今様	いまよう	植木朝子
26	飛鳥井雅経と藤原秀能	あすかいまさつねとふじわらのひでよし	稲葉美樹
27	藤原良経	ふじわらのよしつね	小山順子
28	後鳥羽院	ごとばいん	吉野朋美
29	二条為氏と為世	にじょうためうじとためよ	小林大輔
30	永福門院	えいふくもんいん（ようふくもんいん）	小林守
31	頓阿	とんな（とんあ）	日比野浩信
32	松永貞徳と烏丸光広	まつながていとくとからすまるみつひろ	高梨素子
33	細川幽斎	ほそかわゆうさい	加藤弓枝
34	芭蕉	ばしょう	伊藤善隆
35	石川啄木	いしかわたくぼく	河野有時
36	正岡子規	まさおかしき	矢羽勝幸
37	漱石の俳句・漢詩		神山睦美
38	若山牧水	わかやまぼくすい	見尾久美恵
39	与謝野晶子	よさのあきこ	入江春行
40	寺山修司	てらやましゅうじ	葉名尻竜一

第Ⅲ期 20冊　2012年（平24）6月配本開始

№	書名	読み	著者
41	大伴旅人	おおとものたびと	中嶋真也
42	大伴家持	おおとものやかもち	小野寛
43	菅原道真	すがわらのみちざね	佐藤信一
44	紫式部	むらさきしきぶ	植田恭代
45	能因	のういん	高重久美
46	源俊頼	みなもとのとしより	高野瀬恵子
47	源平の武将歌人		上宇都ゆりほ
48	西行	さいぎょう	橋本美香
49	鴨長明と寂蓮	ちょうめい・じゃくれん	小林一彦
50	俊成卿女と宮内卿	しゅんぜいきょうのむすめとくないきょう	近藤香
51	源実朝	みなもとのさねとも	三木麻子
52	藤原為家	ふじわらのためいえ	佐藤恒雄
53	京極為兼	きょうごくためかね	石澤一志
54	正徹と心敬	しょうてつとしんけい	伊藤伸江
55	三条西実隆	さんじょうにしさねたか	豊田恵子
56	おもろさうし		島村幸一
57	木下長嘯子	きのしたちょうしょうし	大内瑞恵
58	本居宣長	もとおりのりなが	山下久夫
59	僧侶の歌	そうりょのうた	小池一行
60	アイヌ神謡ユーカラ		篠原昌彦

『コレクション日本歌人選』編集委員（和歌文学会）

松村雄二（代表）・田中　登・稲田利徳・小池一行・長崎　健